Tote kennen keine Zeit

Zu diesem Buch...

Ein Seil reißt...
Ein Faß poltert die Kellertreppe im Kloster Johannisberg hinab.
Ein französischer Offizier wird zerquetscht.
War das ein Unglück, oder war es Mord?
Wer war schuld?
Wieder ein schwieriger Fall für Karl, der ratlos scheint, aber Tote kennen keine Zeit...

Eberhard Kunkel, Jahrgang 1931.
Studium der Anglistik und Psychologie in Innsbruck, Marburg, London und Mainz.
Berufliche Arbeit als Psychologe.
1986 Veröffentlichung des satirischen Gedichtbandes „Der Geier Gogoschinsky“.
Seit 1987 Autor der Comicserie KARL.
Inzwischen sind bereits vier historische Kriminalromane von Eberhard Kunkel erschienen, die alle vor dem historischen Hintergrund der „KARL-Zeit“, dem ausgehenden 18. Jahrhundert, spielen:

KARL – Der Tote zuwenig
KARL – Mord hat viele Kleider
KARL – Der Scharfrichter von Landau
KARL – Tote kennen keine Zeit

Krimi KARL Roman

Tote kennen keine Zeit

Ein historischer Roman
von
Eberhard Kunkel

mit
Illustrationen von
Michael Apitz

1. Auflage: Mai 1998

Telefon 0 61 23 / 99 00 70
Telefax 0 61 23 / 99 00 71

ISBN 3-925771-24-7

Für Mireille Rousselle

I

Lightnings

Zweihundert Jahre später sitze ich hier an meinem Schreibtisch und versuche, in einen Vorfall Licht zu bringen, der sich auf einer düsteren Kellertreppe des Klosters Johannisberg abspielte im Jahre 1797.
Ein aussichtsloses Unterfangen?
Ich weiß es nicht. Ich fürchte nur, allein durch Nachdenken werde ich das Licht nicht finden können. Das aber bedeutet, daß das, was als Kriminalbericht am Ende des achtzehnten Jahrhunderts beginnt, als eine Art Reisebeschreibung im zwanzigsten Jahrhundert enden könnte; denn in die schlimmen Vorfälle waren auch mehrere Franzosen verwickelt.
Als Herausgeber der Erinnerungen Karls, des Spätlesereiters, müßte ich also einige Mühe aufwenden, um den Bericht, den ich hier wiedergeben will, selbst zu einem Abschluß bringen zu können. Karl hat seinen Bericht unvollendet gelassen, offenbar unvollendet lassen müssen.
Nun kann man zwar so manche Geschichte unvollendet lassen, ohne ihr zu schaden. Es gibt sogar Geschichten, die gerade deshalb so schön sind, weil ihnen der Schluß fehlt. Ich denke da an die sentimentale Reise des Herrn Sterne, in deren letztem Kapitel der Reisende in einem überbelegten Gasthaus einer reizvollen jungen Dame und ihrer Magd anbietet, zusammen mit ihm in seinem Zimmer zu übernachten. Diese Geschichte bricht genau da ab, wo der Reisende … und überläßt alles weitere der empfindsamen Phantasie des Lesers.
Mein Vater erzählte mir mehrmals, er habe als Junge eine spannende Geschichte gelesen, deren Held sich auf der Flucht vor Verfolgern in einer ägyptischen Grabkammer versteckt habe und gerade, als die Verfolger zur Tür der Kammer gekommen seien, einen unwiderstehlichen Nießreiz verspürt habe. Von dieser Stelle an sei die Geschichte nicht fortgesetzt worden. Ich bin mir sicher, mein Vater hätte diese Geschichte längst vergessen gehabt, wenn er ihr Ende erfahren hätte. So hat er selbst versucht, eine Fortsetzung zu finden. Dabei ist ihm diese

Erzählung interessant geworden und hat sich ihm eingeprägt. Ein Geschichte, die unvollendet bleibt, kann also gerade deshalb besonders interessant sein.
In dem Bericht über die Untersuchung eines Unfalls aber, der wie ein Mord aussieht und nach Meinung Karls wohl auch ein Mord war, kann das Fehlen einer Aufklärung nur als Mangel empfunden werden. Einen solchen Bericht verfaßt man ja eigentlich nur um dieser Aufklärung willen.
So habe ich mich, als alles Nachdenken nichts half, schließlich selbst aufgemacht, um den Bericht zu einem Ende führen zu können. Ich glaube, daß ich damit im Sinne Karls gehandelt habe; denn er beginnt die Niederschrift seiner Erinnerung an den Unfall wie folgt:

Am liebsten hätte ich diesen Bericht gar nicht aufgeschrieben, denn wer erzählt schon gerne von einem Mißerfolg? Wer erzählt schon gerne davon, wie er mit großer Anstrengung versucht hat, ein Mordrätsel aufzuklären, ohne auch die Lösung des Rätsels beschreiben zu dürfen? Wenn man den Mörder nicht nennen darf, meint jeder, man könne ihn nicht nennen, man habe ihn nicht gefunden, und wenn man einen Mörder sucht, ohne ihn zu finden, dann muß man doch annehmen, der Mörder sei klüger als man selbst, und das ist mir eine sehr ärgerliche Annahme.
Unfallrätsel – Mordrätsel.
Was ist schließlich ein Rätsel ohne seine Lösung?
Ein Spiel ohne Regel?
Die Regel bindet das Spiel zu einer Einheit, in eine überschaubare Gestalt. Die Lösung erst fügt die einzelnen Teile des Rätsels in ein sinnvolles Ganzes. Die Lösung ist also die Seele des Rätsels!
Wenn ich die Lösung des Rätsels suche, aber nicht finde, wie kann ich dann das Rätsel richtig beschreiben, da ich doch die Ordnung seiner Teile nicht kenne?
Wenn ich aber die Lösung kenne, aber nicht kennen soll, wie kann ich dann das Rätsel so beschreiben, daß die Beschreibung richtig ist, die Lösung des Rätsels aber trotzdem im Verborgenen bleibt?

Und wozu das alles?
Damit einer, der in seinen Nachforschungen nicht behindert wird, später die Lösung suchen und finden kann?
Pater Anselm, mein väterlicher Freund, der Kellermeister im Kloster Johannisberg, hat gemeint, ich solle es trotz dieser Bedenken versuchen.
„Suchen“, hat er gesagt, und verschmitzt dabei gelächelt, „ist doch viel interessanter als finden!“
Er hat mir übrigens vor einiger Zeit schon erzählt, es gäbe einen weisen Mann, der habe gesagt, er zöge das Suchen dem Finden vor.
Wenn ich mich recht erinnere, hatte dieser Mann auch noch den Herrgott ins Spiel gebracht und gemeint, wenn dieser ihm in der einen Hand die Wahrheit anböte, also das Finden der Wahrheit, in der anderen Hand aber das Suchen nach ihr, dann werde er das Suchen nach der Wahrheit wählen, selbst um den Preis ewigen Irrens.
„Ich nicht!“, habe ich da zu Pater Anselm gesagt.
„Ich finde diesen Mann so weise nicht. Seine Weisheit scheint mir eher eine unbescheidene Weisheit zu sein, die damit kokettiert, daß sie im Gegensatz zu dem steht, was man allgemein erwartet.“
Ich denke, sie kann mich deshalb auch nicht trösten.
Was soll das für eine Suche sein, die nichts finden will? Denn wenn einer das Suchen dem Finden vorzieht, dann heißt das doch letztlich, daß er gar nichts finden will. Mit dem Finden wäre ja sein Suchen zu Ende. Dann ist sein Suchen aber kein richtiges Suchen; denn Suchen ist für mich das Streben nach dem Finden. Da hat sich dieser seltsame Weise wohl im Irrtum häuslich eingerichtet, weil er die Wahrheit nicht finden will. Vielleicht liegt das daran, daß er sich bei seinem Suchen besonders klug vorkommt, als Herr aller Möglichkeiten, der keine Wahrheit anerkennen muß, so ein wenig gottähnlich, wie es die Schlange im Paradies versprochen hat. Wenn er die Wahrheit fände, müßte er diese anerkennen und sich nach ihr richten. Das wäre ihm nicht angenehm. So sucht er lieber.
Also ich meine, ich habe von einem weisen Manne selten noch etwas so Törichtes gehört.

Schließlich, meine ich, paßt das alles auch nicht zu meinem Problem: Ich habe nach der Wahrheit gesucht und habe sie in dem Falle, von dem ich berichten will, auch gefunden.
Aber ich darf sie nicht niederschreiben.

Den Mord, der da auf der Kellertreppe verübt worden ist, und ich bin überzeugt davon, daß es ein Mord war und nicht nur ein Unfall, wie viele angenommen haben und immer noch annehmen, diesen Mord kann ich also in meinem Bericht nicht aufklären. Ich kann beschreiben, was ich unternommen habe, um ihn aufzuklären, darf aber den Mörder nicht nennen. Ich darf auch nicht erklären, warum ich ihn nicht nennen darf.
Natürlich kann ich das Opfer benennen, einen französischen Offizier, der dabei war, Wein zu requirieren, man könnte auch sagen, zu rauben. Diesen Offizier kennt jeder. Der hatte sich schon vor dem Mord den Leuten im Rheingau bekannt gemacht.
Da gab es aber auch noch einen anderen Mord, bei dem gleich zwei Männer ums Leben kamen. Sie sind im Rhein ertrunken. Auch da gibt es verschiedene Meinungen. Auch da meinen hier fast alle, es sei nur ein Unfall gewesen, sogar vielleicht nur eine Verkettung von unglücklichen Umständen, von der man immer spricht, wenn man nichts weiß oder zu bequem ist, sich etwas zu überlegen. Ich habe auch eine Verbindung des Mordes auf dem Rhein zu dem Mord im Keller gefunden, die will ich ausführlich darlegen, aber mehr kann ich nicht schreiben, eben weil die beiden Morde nicht ganz ohne eine innere Verbindung sind. Das hatte ich schon herausgefunden, bevor ich alle weiteren Nachforschungen einstellen mußte.
Ich bin sehr unzufrieden mit mir. Schließlich habe ich ja... aber das gehört an das Ende des Berichtes.
Grandpatte, mein Hund, ein Grand Bleu de Gascogne, also ein liebenswerter Feinschmecker, Angeber und Draufgänger, der mir ein echter Freund geworden ist, fühlt meinen Mißmut und behandelt mich seit einiger Zeit mit skeptischer Zurückhaltung. Er kann nicht verstehen, daß ich die Suche aufgegeben habe. Mein Freund Oskar, na ja, ich werde ihn im Bericht noch erwähnen.

Hier beginnt nun der ausführliche Bericht. Alle meine Versuche, das Mordrätsel aufzuklären, sollen so genau wie möglich niedergeschrieben werden. Vielleicht findet ein Leser die Lösung des Rätsels auch ohne, daß ich sie beschreibe.

Es handelt sich um den Tod des Hauptmannes Clabaud, eines Revolutionärs aus einer der Pariser Vorstädte, der schon bei der Erstürmung der Bastille mitgewirkt hat und seither hinter der Freiheit hermarschiert ist, irgendwann auf diesem Marsche Sergeant, dann Lieutenant und schließlich Capitaine, also Hauptmann, geworden ist und noch mehr geworden wäre, wenn ihn nicht in einem Keller im Rheingau ein schweres, volles Weinfaß erbärmlich zerquetscht hätte.
Clabaud heißt übrigens chien qui aboie beaucoup, Hund der viel bellt, das hat mir einer der Franzosen erklärt...

Als ich Karls Bericht soweit gelesen hatte, dachte ich daran, wo und unter welchen Umständen ich zum ersten Male von diesem Unfall oder, wie Karl wohl annahm, Mord gehört hätte.

Es war in den letzten Kriegswochen, im Jahre 1945, als die Amerikaner schon mit ihren Geschützen von der linken Rheinseite her unser Dorf beschossen. Also direkt haben sie unser Dorf nicht beschossen, sonst wäre es uns wohl übel ergangen, nur einige verirrte Granaten fanden ihren Weg zu uns, ohne allzuviel Unheil anzurichten. Aber auch diese wenigen Granaten verursachten bereits erhebliche Unruhe unter den Leuten. Ich weiß, daß aus einer am Rhein gelegenen Gemeinde ein paar beherzte Männer mit dem Ortspfarrer in einem kleinen Boot mit weißer Flagge über den Rhein fuhren und baten, erobert zu werden. Sie mußten allerdings unverrichteter Dinge wieder zurückfahren. Die Amerikaner hatten sie zwar empfangen, ihnen aber erklärt, für die Eroberung des Rheingaus sei eine andere Truppe zuständig. Die werde von Schlangenbad her in den Rheingau eindringen. Sie möchten sich daher noch etwas gedulden.
Unser Leben spielte sich damals auf Veranlassung meiner Mutter weitgehend im Keller ab, obwohl mein Vater und Herr

Rousselle, ein Franzose, der als „Zivilgefangener" bei uns wohnte, obwohl also diese beiden die Wahrscheinlichkeit eines Treffers für unser Haus auf Grund ihrer Kriegserfahrungen als gering einschätzten. Meine Mutter hatte für solche freundlichen Wahrscheinlichkeiten nicht viel übrig.

Da mein Vater einer Krankheit wegen, deren Namen ich vergessen habe, das für ihn auf einer großen Apfelhorde im Keller bereitete Bett hüten mußte, wurde ich dazu ausersehen, während einer Feuerpause mit dem Fahrrad zum Bäcker zu fahren, um Brot zu holen. Ich fuhr aus unserem Hoftor, die Straße hinunter, über die Brücke am Bach, auf der sie ein paar kümmerliche Löcher ausgehoben hatten, um eine Panzersperre zu errichten, und bog am Gasthaus Zur Krone in die Hauptstraße ein. Niemand begegnete mir. Anscheinend war ich der einzige, der ausgesandt worden war, etwas einzukaufen.
Da war plötzlich ein harter Lärm rings um mich her.
Hinter mir kam es herangeheult, ein Flugzeug, die Straße entlang über das Dorf, ein Flugzeug mit zwei Rümpfen. Ich hörte ein Maschinengewehr knattern. Die Straße, die dem Ortsausgang zu leicht ansteigt, war menschenleer, nur ich war, abgesprungen vom Fahrrad, an die Mauer eines Gutshauses geschmiegt, fast hineingewachsen in die Mauer. Nur auf mich also konnten die Kugeln gezielt sein. So muß einer Maus zu Mute sein, wenn der Habicht über ihr erscheint. Da war das Flugzeug auch schon weg, und ich lebte noch. Ich griff mein Fahrrad und rannte in den Gutshof dem Keller zu.
Die Angst, die von einer eingebildeten Gefahr verursacht wird, ist genauso schlimm, wie die Angst, die von einer wirklichen Gefahr hervorgerufen wird. Eigentlich kommt es nur auf die Einbildung an. Wenn sich einer in wirklicher Gefahr einbildet, für ihn bestehe keine Gefahr, so wird er trotz der wirklichen Gefahr keine Angst empfinden und umgekehrt.
Mein Vater hat mir später erklärt, daß der Mann im Flugzeug gar nicht auf mich hätte schießen können, da er mir viel zu nahe gewesen sei. Er zeichnete mir die Flugbahn der Kugeln auf, und so konnte ich einsehen, daß er recht hatte. Der Mann im Flugzeug mußte ein ganz anderes Ziel angegriffen haben.

Ich lief die Kellertreppe hinunter. Hinter mir fiel die Tür ins Schloß, eine wunderbare, feste, vertrauenerweckende Eisentür. Auf halber Höhe blieb ich stehen.
Der Keller war ganz anders, als man sich jetzt einen Weinkeller vorstellt. Er war zu einem Gebilde umgewandelt, das nur zum Teil noch Weinkeller war, zum Teil aber auch Schlafsaal, und das im großen Gang zwischen den Fässern aussah wie ein Räuberlager. Die Gestalten allerdings, die dort saßen, sahen nicht so verwegen aus, wie man das von Räubern erwartet.

Ich kannte sie alle. Leute aus den Häusern neben dem Gutshof waren das, die im Keller Schutz gesucht hatten. Sie hatten kurz nach oben geschaut, als die Tür aufging, beachteten mich aber weiter nicht. Lediglich eine der Frauen streckte ihre Hand nach mir aus. Ich ging vollends die Treppe hinunter und setzte mich zu ihr. Alte Männer – wahrscheinlich alle jünger als ich heute bin, mehr als fünfzig Jahre nach diesem Vorfall – saßen da im Gang zwischen den Fässern um eine umgekippte Bütte herum, auf der zwei Kerzen brannten. Auch auf den Fässern standen hier und da ein paar Kerzen. Der große Raum war trotzdem nur spärlich erleuchtet. In vielen Ecken bewegten sich, vom unruhigen Licht der Kerzen angeregt, düstere Schattengebilde. Wenn ich allein gewesen wäre, hätten sie mich erschreckt. So aber fand ich mich geborgen, glücklich dem Tode entronnen, bei Freunden, in Sicherheit. In der nächsten Stunde wollte ich mich nicht von meinem Platze bewegen. Die Frau neben mir drückte meine Hand. Das war mir sehr angenehm.
Sie sagte nichts, auch ich dachte nicht daran, von dem Flugzeug zu erzählen. Vielleicht hatten sie hier unten bei dem plötzlich anhebenden Lärm vieler Flugzeuge und Abwehrkanonen dieses einzelne gar nicht bemerkt.
Ich schaute mich um.
Auf die Fässer hatten sie Gerüste gebaut, die der Apfelhorde zu Hause sehr ähnlich waren. Darauf hatten sie Matratzen gelegt und Bettzeug. Einige dieser Betten waren besetzt. In der hintersten Ecke des Kellers lag ein Mann, den ich schon häufig bei uns gesehen hatte, ein von Natur aus magerer, dabei aber freundlicher Bücherwurm, der stets Goethes Faust mit sich

führte und bei allen Gelegenheiten daraus zitierte, immer sogleich auch das Buch aufschlagend und sich vergewissernd, ob er richtig zitiert habe. Er war der einzige, den ich liegend antraf. Die anderen, soweit sie nicht im Gang auf Balkenstücken hockten, die als Faßlager benutzt werden konnten, saßen auf Fässern und ließen ihre Beine baumeln.

Die alten Männer sprachen von der Arbeit in den Weinbergen, die sie nun der Tiefflieger wegen nicht mehr ungestört verrichten könnten. Die Frauen hörten zu. Mir war ihre Rede wie ein fernes, gleichmäßiges, einschläferndes Geräusch, wie ein beruhigender Schleier vor dem Lärm über uns. Ich schlief zwar nicht ein, geriet aber in einen Zustand zwischen Wachen und Schlafen und wachte erst auf, als sie davon sprachen, wie es wohl sein werde, wenn die Amerikaner unser Dorf eroberten. Darüber hatte ich noch nicht nachgedacht. Die Eroberung war für mich ganz einfach das Ende der Angst vor Bomben und jetzt auch noch vor Tieffliegern und Granaten. Meine Mutter hatte schon mehrmals unvorsichtig geäußert, sie hätte nur den einen Wunsch, einmal eine Nacht ohne Fliegeralarm und Bombenangst durchschlafen zu können. Dieser Wunsch werde ihr, so dachte ich, mit dem Einmarsch der Amerikaner erfüllt. Daß uns dabei etwas zustoßen könnte, daran hatte ich noch nicht gedacht.

Jetzt sah ich, wie der Goethefreund aus seiner Ecke hervorkroch zu einer Kerze hin, sein Faustbuch aufschlug und eine passende Stelle suchte. Die anderen schwiegen und schauten halb erwartungsvoll und halb spöttisch zu ihm hinauf.

„Verzeih: es ging nicht gütlich ab!
Wir klopften an, wir pochten an,
Und immer ward nicht aufgetan;
Wir rüttelten und pochten fort,
So lag die morsche Türe…“ so fing er an zu deklamieren und wurde auch gleich von einer der Frauen unterbrochen. „Das wollen wir nicht hören!“, sagte sie, „Du mußt uns nicht noch mehr Angst machen, als wir ohnehin schon haben. Wir werden den Amerikanern die Tür gleich aufmachen, dann wird uns gar nichts geschehen!“ Sie sah ihn böse an. Da verkroch er sich wieder in seine Ecke und legte sich auf sein Bett.

„Wir sind es schließlich gewohnt, erobert zu werden." Einer der Männer hatte das gesagt. Er lachte verschmitzt.
„Früher kamen die Franzosen. Denkt nur an den Napoleon oder vorher schon die Revolutionstruppen oder hundert Jahre früher, als sie die Ehrenfels zerstörten. Heute kommen die Amerikaner. Sie gehen auch wieder!"
„Wenn sie nur nicht zu viel von unserem Wein mitnehmen!", sagte ein anderer.
„Trink noch einen, dann ist nicht mehr soviel da zum Mitnehmen!"
„Gebt dem Bub auch etwas zu trinken!", sagte die Frau neben mir.
Einer reichte mir ein Glas.
So kam es, daß ich die Geschichte, die sie über den Tod des französischen Offiziers erzählten, mit besonderer Aufmerksamkeit verfolgte; denn ich nippte nur ein wenig an dem Glas und wollte nicht wieder ins Dösen verfallen, weil ich fürchtete, wenn ich unaufmerksam wäre, etwas von dem köstlichen Wein zu verschütten.
„Ich kann euch erzählen, wie man verhindern kann, daß die Soldaten einfach hereinkommen und den besten Wein aus dem Keller holen. Ich weiß eine wahre Geschichte. Die habe ich von meinem Vater gehört. Im unteren Rheingau ist sie passiert, in Geisenheim oder in Winkel."
Ein würdiger alter Mann hatte das Wort ergriffen. Er trug eine scharfe Nase, mit der man hätte Brot schneiden können, sofern man welches gehabt hätte. Über der Nase brannten zwei dunkle Augen, und das Gebüsch der Brauen war ebenfalls dunkel, obwohl die Haare schon silbern glänzten. Ich kannte ihn gut. Er war immer freundich und nachsichtig, wenn er mit uns Buben zu tun hatte.

„Das war noch, bevor uns der Kaiser Napoleon besuchte und manchen guten Mann mitnahm und schließlich bis nach Rußland und in den Tod führte. Ganz am Anfang der französischen Revolution muß das gewesen sein, als die Franzosen zum erstenmal wieder auf der anderen Seite des Rheins auftauchten und gar nicht so selten hier herüber kamen, um nach den

schönsten Mädchen zu sehen und Wein aus den Kellern zu holen.
Franzosen kamen auf einen Gutshof, ein ganzer Trupp.
Sie wollten Wein.
Sofort mußte der Winzer die Weinschröter[1] holen und ihr Gerät, die Schrotleitern und die große Haspel, die gegen die Widerlager an der offenen Kellertür gestemmt wird, damit die Fässer über die Treppe hinaufgewunden werden können. Da aber nur vier Schröter gefunden werden konnten, mußten die Soldaten selbst Hand anlegen.
Zwei Franzosen gingen hinab in den Keller. Einer davon war der Offizier, der selbst die Fässer auswählen wollte und dafür sorgen wollte, daß sie mit Reifen befestigt würden, damit beim Schroten kein Unfall geschehen könne.
Zwei andere Franzosen halfen an der Haspel.
Zwei Fässer waren bereits aus dem Keller geschafft, und die Schröter hatten sich bei der Arbeit weidlich mit Wein gestärkt, das dritte Faß, größer als die beiden ersten, war bis zur steilen Treppe gerückt. Die längste der Schrotleitern, die auf der Treppe lag, war noch einmal eingefettet worden, als sich der Franzose, der gemeinsam mit einem der Schröter oder dem Winzer selbst von unten das Faß schob, um den Leuten an der Haspel die Arbeit zu erleichtern, als sich dieser Franzose von der Treppe, auf die etwas Fett gefallen sein mochte, abrutschend, den Knöchel so unglücklich verbog, daß ihn eine Zerrung unfähig machte, weiter beim Schroten zu helfen."
In diesem Augenblick hörte ich einen lauten Knall und glaubte auch eine Erschütterung bis in den Keller zu spüren. Sicher war eine Bombe gefallen, nicht weit von uns entfernt, vielleicht von dem Tiefflieger geworfen, der mich verfolgt hatte.

Der Alte ließ sich nicht beirren. Er hob höchstens ein wenig seine Stimme und fuhr fort in seiner Erzählung, ohne auch nur eine kleine Pause zu machen.
„Der Offizier riß ihn zornig zurück und sprang selbst zur Treppe, um zu helfen. Sie hatten das Faß auch schon bis zur Hälfte emporgewunden, als plötzlich das Seil auf der Seite riß, auf der der Offizier stand. Der Winzer, der auf der anderen

Seite geschoben hatte, konnte zwar noch seitlich von der Treppe springen, da das Seil auf seiner Seite sicher war und nur der Haken langsam aus den Daubenköpfen glitt, der Franzose aber wurde unmittelbar von dem schweren Faß getroffen und zerquetscht. Selbst wenn er noch Zeit gehabt hätte auszuweichen, hätte er doch keine Möglichkeit dazu gehabt, da auf seiner Seite die Kellermauer eine Flucht von der Treppe unmöglich machte, und auf der anderen Seite noch eben der Winzer gestanden hatte.
Das Seil ist natürlich nicht gerissen, es wurde durchgeschnitten von dem Winzer, der dann weggesprungen ist, oder von einem der Schröter, der die Plünderung auf seine Weise beenden wollte.
Dieser Offizier hat keinen Wein mehr aus den Kellern geholt!"
„Meinst du wirklich, wir sollten einen Mord begehen, um unseren Wein zu beschützen? Ein Mord war das ja wohl, so wie du es uns erzählt hast."
„So, wie er es erzählt hat!", rief da ein anderer, eifrig über den Rand seiner Brille schauend. „Ich habe die Geschichte ein wenig anders gehört. Mein Onkel, der Herbert, ihr habt ihn doch noch alle gekannt, der hat sich um solche Geschichten gekümmert, der hat nachgeforscht und viele Leute befragt, der hat mir erzählt, das sei kein Mord gewesen. Der französische General, der damals die Truppen befehligt habe, habe mit allen Mitteln versucht, solche Plünderungen zu verhindern. Die Frau des Winzers sei zu ihm gegangen und habe sich beklagt und habe ihm erzählt, daß ihr Mann auch noch selbst helfen müsse, seinen Wein aus dem Keller zu schaffen. Da sei er sogleich mit ihr gegangen und sei gerade in dem Augenblick auf dem Hof erschienen, als das erste Faß zur Hälfte die Kellertreppe empor gewunden gewesen sei und über den von unten schiebenden geschwebt habe. Das erste Faß und nicht das dritte sei es gewesen.
Jetzt gibt es zwei Ausführungen der Geschichte. Mein Onkel konnte nicht feststellen, welche die richtige ist.
Die einen erzählten, die Franzosen an der Haspel seien beim Anblick des Generals so erschrocken, daß sie die Speichen losgelassen hätten und geflohen seien. Die Schröter hätten

allein das Faß nicht halten können. So wäre es nach unten gestürzt und hätte den Offizier und den Winzer erschlagen.
Die anderen sagen, der General sei wutentbrannt auf die Haspel zugegangen und habe mit seinem Säbel auf die Haspelwelle eingeschlagen und dabei das eine Seil zerschnitten. Vom Hof aus gesehen, sei es das linke Seil gewesen, vom Keller aus gesehen aber das rechte. Der französische Offizier habe rechts gestanden und sei folglich vom Faß ergriffen und zerquetscht worden.
Das war also kein Mord, denn der General war sicher ein Stadtmensch, der von der Arbeit des Weinschröters nichts verstand und folglich auch nicht wissen konnte, was sein Wutausbruch anrichten könnte. Er hatte die Absicht, die Plünderung des Kellers zu verhindern, nicht aber die Absicht, einen seiner Offiziere umzubringen."
Er strich sich die Haare aus der Stirn und sah uns triumphierend an. Onkel Herbert hatte die Angelegenheit entschieden. Der Lärm der Flugzeuge und der Flakgeschütze über uns war vergessen.
„Das ist keine sehr trostreiche Geschichte; denn wo sollen wir immer gleich einen General finden, der bereit wäre, eine Plünderung zu verhindern?"
Der dritte der Männer hatte sich wieder eingemischt, ein rundlicher, gutmütiger Mann mit vollen Lippen und dicker roter Nase. „Ich kenne die Geschichte übrigens wieder anders. Ich kenne sie aus einem alten Protokoll, das noch in den Amtsstuben des Bürgermeisters in Rüdesheim aufbewahrt wird. Der Schrötermeister, der damals die Aufsicht hatte, hat erklärt, ein Seil sei gerissen."
„Ja, eben, das habe ich doch gesagt!", fiel da der erste wieder ein. „Das Seil ist gerissen. Und warum ist es gerissen? Weil es durchgeschnitten war! Schröterseile reißen nicht!"
„Schröterseile können genauso reißen wie alle anderen Seile und besonders dieses Seil, da es schon einmal gerissen war.
Der Schrötermeister hat zu Protokoll gegeben, das Seil sei an einer Stelle gerissen, an der es geflickt gewesen sei. Auf die Frage, warum er ein geflicktes Seil genommen habe, hat er geantwortet, viele Seile seien ihm gestohlen worden. Er habe in

der unsicheren Zeit, die ihn bereits viel Geld gekostet habe, kein neues Seil anschaffen können, da er dazu nicht genug Geld gehabt habe. Er habe daher das alte, bereits einmal gerissene Seil ausbessern müssen. Die ausgebesserte Stelle habe die Belastung durch das besonders schwere Faß nicht ausgehalten. Das Seil sei genau an dieser Stelle gerissen. Dann hat er noch gesagt, die Winzer hätten alle davon gewußt, daß das Seil nicht so ganz sicher gewesen sei. Den Franzosen hätten sie nichts davon gesagt. Daran hätten sie nicht gedacht. Die hätten auch nicht gefragt. Die Franzosen hätten aber selbst die Vorrichtungen an der Haspel geprüft und dabei sicher auch die Flickstelle gesehen."

„Hei!", rief da der erste wieder. „Also den Franzosen haben sie nichts von der geflickten Stelle gesagt. Das nenne ich einen passenden Unfall herbeiführen. Das ist genauso gut wie Mord!"

Nun kam es zu einem Streit. Der mit der Brille, der seinen Onkel Herbert zitiert hatte, sagte, der Schrötermeister, sein Name sei Kufenholz gewesen, gehöre zu seinen Vorfahren, und er lasse seiner Familie keinen Mord anhängen. So lange sei das alles noch nicht her. Er bleibe dabei, daß Mord kein Mittel sei, eine Plünderung zu verhindern.

Dann stritten sie sich darüber, wie man die vordringenden Soldaten behandeln solle, und ich hatte den Eindruck, sie waren eigentlich mehr in Unruhe darüber, was mit ihrem Besitz geschehen könne, als darüber, was ihnen selbst geschehen könne. Dann hörte ich noch, wie sich der Goethefreund in der hintersten Ecke auf seinem Lager rührte und sagte, das sei eine Sache der Frauen. Schließlich habe Goethes Frau oder vielmehr Goethes spätere Frau seinen Hausstand vor Schaden bewahrt, als die Franzosen eingedrungen seien, indem sie diesen tapfer entgegengetreten sei.

Da lachten alle, und durch ihr Lachen hörte ich den langgezogenen Ton der Sirene, die das Ende des Angriffs verkündete.

Ich bedankte mich bei der Frau, die neben mir saß, gab ihr mein Glas und lief die Treppe hinauf ins Freie. Zu Hause wurde ich schon mit Ängsten erwartet.

Der Tiefflieger übrigens hatte nach den Ruinen des Klosters Ausschau gehalten und diese Ruinen noch einmal beschossen. Das Kloster, das hinter unserem Dorf in dem Tal liegt, das nach Schlangenbad führt, war bei einem früheren Luftangriff zerstört worden. Drei Lightnings, englische Doppelrumpfflugzeuge, hatten die Klostergebäude, die damals eine SS-Spionageabteilung beherbergten, mit Bomben und Bordwaffen angegriffen und in Brand geschossen. Viele Leute im Dorf wunderten sich nicht darüber, sie hatten so etwas vielmehr erwartet; denn sie wußten, daß die letzte der Nonnen, als sie das Kloster verlassen mußte, von einer Anhöhe aus einen Fluch ausgesprochen hatte, der allen nachfolgenden Besitzern des Klosters ein übles Ende androhte. Man erzählt, daß tatsächlich alle nachfolgenden Besitzer nach kurzer Zeit ihren Besitz verloren hätten.

Monsieur Rousselle hatte im Verein mit meinem Vater, wie schon häufiger, wenn ich zu lange ausgeblieben war, vergeblich versucht, meine Mutter zu beruhigen. Sie versuchten, ihr zu beweisen, daß im Dorf keine Bombe gefallen sein könne. Wenn sie sich aber einmal Sorgen machte, dann war ihr das schwer auszureden. Sie konnte sich wunderbar alle schrecklichen Vorkommnisse ausmalen, die mir oder meiner kleinen Schwester zugestoßen sein könnten, wenn wir nicht pünktlich nach Hause kamen. Herr Rousselle, wie wir Kinder ihn immer anredeten, wohnte seit etwa zwei Jahren bei uns. Er war 1939 in Gefangenschaft geraten und hatte einige Jahre in Gefangenenlagern zugebracht, bis er in einen „Zivilgefangenen“ verwandelt wurde. Er mußte in einer nahegelegenen Fabrik arbeiten, durfte aber bei uns wohnen und Zivilkleider tragen. Er hatte von meinem Vater eine Vorkriegs-Motorrad-Lederjacke geerbt, in deren Seitentaschen er rechts ein Häufchen Tabak und links ein Heftchen Zigarettenpapier mit sich führte. Er verstand sich vortrefflich auf die Kunst, mit den Fingern der rechten Hand eine Zigarette in der Tasche so zu rollen, daß er nur noch mit der Zunge an dem Papierende auf der Längsseite entlang zu fahren brauchte, um dann mit einer letzten Drehung die fertige Zigarette präsentieren zu können. Die klebte er dann in seinen rechten Mundwinkel und rauchte sie, ohne sie noch mit der Hand berühren zu müssen. Ich habe das sehr bewundert. Er war uns in den zwei Jahren zu einem guten Freund geworden. Einem lustigen Freund, dachte ich damals, denn mit uns Kindern spielte er immer lustige Spiele. Ein Spiel hieß „Urlaub". Da mußte ich Offizier sein. Er kam dann, meldete sich militärisch stramm zur Stelle und bat allergehorsamst um Urlaub, weil er nach Frankreich fahren wolle, seine Frau und seinen kleinen Sohn zu besuchen. Ich gewährte den Urlaub mit einer großzügigen Geste. Er bedankte sich überschwenglich. Mit meiner kleinen Schwester spielte er ein Spiel, das keinen Namen hatte. Man könnte es Bösewicht nennen. Er kam ins Zimmer. Meine Schwester mußte ihn dann ganz böse anschauen und ihn aus dem Zimmer weisen und zurück nach Frankreich schicken. Sie mußte dann ganz laut „Zurück Frankreich!" rufen. Fürwahr, das waren lustige Spiele. Wir Kinder hatten Spaß dabei, zumal wenn er ganz schnell französisch auf uns einsprach...

Im Spätsommer und im Herbst war er immer, wenn er mal Zeit hatte, mit mir zum Pilzesuchen in den Wald gegangen.

Ich erinnere mich besonders an einen kühlen, graublauen Morgen, an dem wir ganz früh losgezogen sind, um möglichst vor allen anderen Pilzesuchern im Wald zu sein. Meine kleine Schwester hatten wir mitgenommen. Wir fanden dicke, frisch gewachsene Steinpilze noch ganz ohne Wurmlöcher und entdeckten schließlich im Unterholz ganze Pfifferlingsnester, die wir begeistert ausräumten. Steinpilze und Pfifferlinge, gibt es ein besseres Gemüse?

Die Sonne stand schon hoch am Himmel, als wir endlich heimwollten. Da kamen aber die silbernen Bombenvögel in großen Scharen, und die Abwehrkanonen begannen zu schießen, und ich wollte lieber, im Unterholz geborgen, noch ein wenig ausharren als nach Hause gehen. Herr Rousselle versuchte, mir zwar zu erklären, daß die Flugzeuge nicht unseretwegen gekommen seien. Mir war das unheilvolle Brummen der Motoren aber sehr unheimlich, und so suchten wir uns ein Plätzchen im Gebüsch, um dort abzuwarten, was weiter geschehen werde. Mein Schwesterchen fand das sehr gemütlich

und begann ein Gespräch, an das ich mich noch gut erinnere, vielleicht weil es mir ein wenig peinlich war.
Warum er Gefangener geworden sei, hat sie ihn gefragt.
Das sei eben so im Krieg, da werde man manchmal gefangen, und besser als sterben sei das allemale.
Warum ihn die anderen Franzosen nicht befreit hätten, wollte sie dann wissen.
Seine Kameraden hätten das zwar versucht, seien aber dabei auch gefangen worden.
Ob alle Franzosen Gefangene seien.
Da hat er gelacht und gesagt, die meisten Franzosen seien auch jetzt zu Hause und müßten nicht Gefangene sein. Schließlich seien auch nicht immer die Franzosen die Gefangenen gewesen. Vor vielen Jahren seien die Franzosen sogar einmal im Rheingau gewesen und hätten viele Deutsche zu Gefangenen gemacht. Einer seiner Freunde wisse sogar von einem 'ich-weiß-nicht-wieviel-ur' Großvater, der als französischer Soldat im Rheingau gewesen sei. Er sagte nicht Urgroßvater, er sagte 'weit retour Großvater', 'ich-weiß-nicht-wie-weit-retour' Großvater, daran kann ich mich noch gut erinnern. Retour ist ein Wort, das wir früher viel gebraucht haben.
Der Freund habe auch Briefe von diesem Großvater, die er wie einen Schatz in einer besonderen Schatulle aufbewahre. Er habe die Schatulle schon einmal sehen dürfen. Dieser Großvater oder einer seiner Freunde habe sich auch eine Frau aus Deutschland, er meine sogar, aus dem Rheingau, mitgebracht, die sehr schön gewesen sei. Zuletzt hatte er zu mir gesprochen.
Da fing meine Schwester wieder an zu fragen.
Es sei aber doch sicher nicht schlimm, Gefangener zu sein, weil er ja bei uns sein könne?
Da hat er nicht mehr gelacht. Er hat sie auf die Stirn geküßt, und dann sind wir nach Hause gegangen.

Auf dem Heimweg hatte ich an dieses Gespräch gedacht und überlegt, daß der Urururgroßvater ganz gut bei diesem Schrotunfall dabeigewesen sein könnte oder davon hätte erfahren haben können. Ich wollte also Herrn Rousselle darüber befragen. Er saß aber mit meinem Vater und einigen anderen

Franzosen am Radio und hörte etwas Französisches. Sie sahen erstaunt nach mir hin.
Ich wurde aus dem Zimmer gewiesen und mußte warten. Sie hörten Nachrichten, die man nicht hören durfte. Die Nachrichten wurden in französischer Sprache gesendet. Ich hatte einmal meinen Vater mit meiner Mutter darüber sprechen hören und wußte, was sie da hörten und hielt nicht viel davon, wenn mein Vater sagte, er höre Radio, um Französisch zu lernen.
Im Dorf hat ihn auch einmal einer gefragt, warum zu einer bestimmten Zeit am Nachmittag immer Franzosen in unser Haus kämen? Danach kamen sie nicht mehr alle auf einmal, sondern nacheinander. Weggeblieben ist keiner.
Geschehen ist aber auch nichts. Und wenn der eine oder andere im Dorf sich mehr gedacht hat, als meinem Vater hätte bekömmlich sein können, so hat er doch nichts gesagt.

Am Abend habe ich Herrn Rousselle dann gefragt, ob er etwas über den Schöterunfall wisse? Ich mußte ihm ausführlich erklären, was da geschehen sein solle. Das war mühsam, aber er hörte aufmerksam zu. Dann sagte er, er wisse davon nichts. Sein Freund habe wohl auch Briefe oder Notizen von seinem Vorfahren. Er habe aber nur davon gehört und die Briefe nicht lesen dürfen. Sein Freund gehe sehr geheimnisvoll damit um. Vielleicht dürfe man sie ja sehen und auch ein kleines Stückchen lesen, aber sicher nicht einen ganzen Brief. Sein Freund sei nicht als Gefangener in Deutschland. Deshalb könne er ihn auch nicht fragen.
Da hatte ich ihm alles umsonst erklärt.

Über den folgenden Ereignissen hatte ich den Schröterunfall dann ganz vergessen.
Die Amerikaner kamen. Ihr Einmarsch ins Dorf war sehr friedlich. Herr Rousselle fand mit anderen Gefangenen einen Lastwagen, der nach Frankreich fuhr.
Da konnten sie mitfahren. Herr Rousselle mußte am weitesten fahren. Er mußte durch ganz Frankreich fahren, um nach Hause zu kommen; denn er wohnte in der Bretagne.

Der Abschied war kurz und herzlich, und bald kamen Briefe, die uns zeigten, daß er uns nicht vergessen hatte, und schon bald lud er uns ein, ihn zu besuchen.
Erst nach zehn Jahren konnten sich meine Eltern eine so weite Reise erlauben. Sie nahmen meine Schwester mit in die Bretagne. Ich konnte sie damals leider nicht begleiten.

Noch lange erzählten sie von einem wunderbaren Urlaub.
Briefe gingen hin und her.
Mein Vater übte sich eifrig darin, französische Briefe zu schreiben, und ich weiß, daß ihm das manche Mühe bereitete, da er oft Wörterbuch und Grammatik zu Rate ziehen mußte. Nur die freundlichen Worte am Ende des Briefes schrieb er schnell und ohne Schwierigkeiten, die entnahm er einfach einem der früheren Briefe seines Freundes.

Mitte der sechziger Jahre bin ich dann mit meiner Frau zum ersten Mal selbst in die Bretagne nach Morlaix gefahren und habe Herrn Rousselle dort besucht.

II

Der Unfall

Karl hat seinen Bericht „Erinnerungen an einen mörderischen Unfall“ genannt. Da ich in der Schule noch die deutsche Schrift erlernt habe, fällt es mir nicht weiter schwer, ihn zu entziffern, wenn er auch nicht grade ‘schön’ geschrieben ist. Die Schrift erweckt mehr den Eindruck, daß der Bericht manchmal fast widerwillig geschrieben worden sei, und auch, daß die Stimmung des Schreibenden gewechselt habe, da sich nachlässig oder widerwillig geschriebene Passagen mit gut leserlichen Passagen abwechseln. Klar ist das Schriftbild bei allem, was nicht direkt mit dem Unfall zusammenhängt, bei allem z.B., was sein Verhältnis zu Maria betrifft.

Nachdem Karl den Hauptmann Clabaud erwähnt hat, beginnt er seinen Bericht noch einmal auf einer neuen Seite und schildert, wie er von dem Unfall erfahren hat. Er macht das reichlich umständlich, wie um die Beschreibung des Tatbestandes hinauszuzögern, und schreibt:

Mitten in der Nacht bin ich aufgewacht. Es war mir übel. Mehrmals mußte ich mich übergeben, gegen morgen fühlte ich mich zwar besser, war aber noch sehr schlapp und blieb einfach im Bett liegen. So kam es, daß ich nichts von dem bemerkte, was in Johannisberg vor sich ging. Ich meine das Kloster Johannisberg, das, wie Johannes Butzbach, ein Prior zu Maria Laach, vor fast dreihundert Jahren geschrieben hat, in der Mitte des Rheingaus unweit des Rheines auf einem Berge liegt. Es ist das anziehendste und lieblichste Kloster des Rheingaus, der Regel des heiligen Benedikt geweiht.

Unterhalb des Klosterberges, ein gutes Stück rheinabwärts habe ich mein Institut für Traubenkunde in einem Hause in Geisenheim eingerichtet, das so weit vom Rhein entfernt steht, daß es von Hochwasser nur selten erreicht wird.

Maria, meine liebe Freundin, lebt im Hause ihres Vaters am anderen Ende von Geisenheim, nahe dem Wege nach Johannisberg.

Also mir war übel und ich fühlte mich krank.
Wenn ich krank bin, geht es mir immer besonders gut. Dann liege ich im Bett und brauche mich um nichts zu kümmern. Maria kommt und legt ihre Hand auf meine Stirn um festzustellen, ob ich Fieber habe. Manchmal, wenn ich mich besonders elend fühle, streichelt sie auch meinen Leib.
Das ist eine wunderbare Medizin. Sie macht mich sofort fast wieder ganz gesund. Dabei ist nur ein Nachteil. Wenn ich meiner Gesundung einen natürlichen Ausdruck gebe, entzieht sie sogleich wieder ihre Medizin und meint, so krank könne ich ja wohl nicht sein.
Oskar kommt und unterhält mich mit vielen neuen Ideen, während er versucht, nach meinen vom Bett aus gegebenen Anweisungen meine dringendsten Arbeiten zu erledigen. Oskar ist ein merkwürdiger Kerl, schnell aufgeregt, wenn etwas Unvorhergesehenes geschieht, und schnell begeistert, wenn er eine neue Idee hat. Oft sind das Ideen, die zu einer die Arbeit erleichternden Erfindung führen sollen. Die Erfindungen sind aber meistens so kompliziert, daß sie die Arbeit eher erschweren, die sie erleichtern sollen. Der gute Pater Anselm, dem er besonders bei den Arbeiten in den Weinbergen des Klosters zur Hand geht, erträgt seine erfindungsreichen Ideen mit viel Geduld.
Verheiratet ist Oskar noch nicht. Ich dachte einmal, er habe sich in die schöne Hanna verliebt, die Tochter eines Mannes, der vor ein paar Jahren aus Mainz in den Rheingau gezogen ist. Sie hat wohl jetzt einen anderen Freund.
Pater Anselm kommt mit Medizin aus dem Kloster und mit manchen weisen Worten über den Sinn des Leidens und ähnliches.
Grandpatte hilft nicht, aber er stört auch wenigstens nicht.
Diesmal war ich krank, und keiner kam.
Maria hatte mich am Abend noch sehr munter erlebt.
Oskar war in Johannisberg und erwartete Ärger durch die Franzosen, die von dem Fürstabt in Fulda Kontributionen verlangt hatten und nun damit drohten, das Kloster oder wenigstens Teile des Klosters in die Luft zu sprengen, wenn die Kontributionen nicht pünktlich gezahlt würden.

Pater Anselm war nach Fulda gereist zum Fürstabt, der sich nicht so sehr beeilte, den Franzosen Geld zu geben, zumal es sich um eine Summe von 2000 Gulden handelte. Pater Anselm wollte ihm erläutern, daß die Franzosen leicht einen Schaden anrichten könnten, der diese Summe weit übersteigen könne.
Nur Grandpatte verhielt sich wie immer, er störte mich nicht mit irgendwelchen Ansinnen. Er war aber auch nicht bereit, eine Botschaft zu Maria zu bringen. Er sah mich nur treuherzig an und schien von meinen Leiden nicht recht überzeugt zu sein.
Um mich abzulenken, vertiefte ich mich in eine alte Ausgabe des 'Aachener Zuschauers', die mir Pater Anselm einmal mitgebracht hatte, weil sie einen Artikel über die schlimmen Zustände in Frankreich enthielt. Vor allem fiel mir ein Aufsatz auf, der von den Kriegen in der Vendée handelte. In diesem westlich von Tours und Poitiers am Atlantik gelegenen Land aufrechter Bauern hat sich die Revolution anscheinend am schlimmsten ausgetobt. Im vorigen Jahr (1796) wurden die letzten beiden Generäle der aufständischen Vendeer umgebracht.
Warum eigentlich aufständisch?
Sind Leute, die gegen die Revolution kämpfen und ihre eigene Art von Freiheit zu bewahren suchen, aufständisch oder verteidigen sie nicht vielmehr einen rechtmäßigen Besitz? Es ist doch merkwürdig, wenn in der Zeitung steht, die Aufständischen hätten gegen die Revolutionäre gekämpft. Da weiß dann keiner mehr, wer das Recht auf seiner Seite hat. Vielleicht ist das ja beabsichtigt. Wer kann sich auch gegen eine so herrliche Revolution wehren wollen, die die Freiheit bringt und jeden erschlägt, der sich dieser Freiheit nicht beugen will? Und viele wurden erschlagen. In Nantes hat einer der Menschheitsbeglücker, Carrier war sein Name, sogar Mordschiffe eingesetzt, die so eingerichtet waren, daß sie zum Ersäufen von Menschen benutzt werden konnten. So wurde der Sinn der Schiffe in sein Gegenteil verkehrt. Die armen Opfer wurden auf Falltüren gestellt, die geöffnet wurden, sobald die Schiffe auf die Loire hinausgefahren waren. Ein anderer, der General Louis-Marie Turreau, hat eine besondere Taktik entwickelt, um die Vendée zu befrieden. Er schickte kleine bewegliche Truppeneinheiten

durchs Land. Sie sollten die Ernten plündern, die Häuser anzünden und die Einwohner alle umbringen, die 'Weißen', die Königstreuen also, ebenso wie die 'Blauen', die Republikaner, diejenigen also, die der Revolution zugeneigt waren. Diese Truppen verdienten sich nach schlimmsten Kräften den Schreckensnamen Colonnes Infernales, Höllenbanden.
Wie anders verhielten sich die Anführer der 'Aufständischen', Bonchamps und Lescure, die dafür sorgten, daß die gefangenen Revolutionäre nicht getötet wurden. Bonchamps rettete 5000 Gefangenen das Leben, als er selbst bereits tödlich verwundet war.
Schließlich las ich noch von General Kléber, der mit seinen 'Mainzern' im September 1793 erfolgreich auf der Seite der Revolutionstruppen in die Kämpfe eingegriffen hätte. Das sei eine veritable Elitetruppe gewesen. Ich ärgerte mich schon und überlegte, was Soldaten aus Mainz in der Vendée zu suchen hätten, bis ich aus anderen Hinweisen entnehmen konnte, daß es sich bei diesen 'Mainzern' um französische Soldaten handelte, die Mainz besetzt hatten und im Sommer 1793 durch die Koalitionstruppen, die Preußen und Österreicher, aus Mainz vertrieben worden waren. Sie bildeten bei den Revolutionssoldaten wohl die einzige Truppe mit einiger Kriegserfahrung, die einzige, die es mit den tapferen Vendeern aufnehmen konnte. 'Tapfer', das stand nicht in dem Aufsatz, das habe ich geschrieben, weil das Wort hier am besten paßt.

Da hatte ich nun genug Stoff zum Nachdenken.
Warum haben die Revolutionäre, die sich doch der Aufklärung verpflichtet fühlten, die Leute umgebracht, statt sie aufzuklären? Sie hätten doch Freiheitsschulen einrichten können. Oder hatten sie nicht genug Vertrauen in die Überzeugungskraft ihrer Freiheit? Vielleicht hatten sie ja auch ganz andere Ziele ...
Da kam mir ein neuer Gedanke. Es schien mir auf einmal durchaus möglich, daß einige der 'Mainzer' unter die Colonnes Infernales geraten und nun wieder, vielleicht in neu zusammengestellten Regimentern, an den Rhein zurückgekehrt sein könnten. Sie waren ja schon 1793 in die Vendée gekommen.

General Turreau aber hatte seine Mörderbanden erst im Januar 1794 losgeschickt. Nach dem Sturz Robespierres am 27. Juli 1794 hatten der Terror in Frankreich und auch die blutige Unterdrückung in der Vendée ein Ende. Jetzt war das Jahr 1797. Genug Zeit blieb da, wieder an den Rhein zu gelangen. Was sollte ich, wenn ich dies bedachte, davon halten, daß mehrfach schon Soldaten in Keller eingedrungen waren und Weinfässer mit Gewalt geraubt hatten? Hatten sie das in der Vendée gelernt, und was sollte noch auf uns zukommen?
Ich dachte an Maria, und ich dachte an Johannisberg und die Kontributionsforderungen und wußte nun, wie sich Pater Anselm fühlt, wenn er sagt, er sei beunruhigt.
Wenn da irgendwo ein zweiter Mélac[2] oder Turreau nur darauf wartete, daß ihm der Fürstabt einen Anlaß dazu gab, solche Banden auszusenden, was würde in Johannisberg geschehen?
Und wenn die Soldaten schon am Plündern waren, würden sie sich auf das Kloster beschränken und nicht auch das naheliegende Geisenheim verheeren? Ich mußte Maria besser schützen, Maria, die oft ganz allein zu Hause war, wenn ihr Vater mit den Knechten im Weinberg arbeitete, Maria, die die Gefahren unterschätzte und auf Schutz keinen Wert legte. Wie aber könnte ich das, solange sie noch nicht meine Frau war, solange sie die meiste Zeit des Tages fern von mir verbrachte?
Meine Frau!
Das war's!
Ich mußte mit ihrem Vater endlich deutliche Worte sprechen, um ihre Hand anhalten... sofort.
Langsam wuchs in mir ein unangenehmes Gefühl, ein Gefühl, als werde etwas Schreckliches geschehen. Ich fühlte, ich müsse unmittelbar etwas unternehmen, den Schrecken zu mildern oder abzuwenden. Mir kam der Gedanke, das könne so etwas wie eine Vorahnung sein. Da hatte nicht mehr ich die sorgenvollen Gedanken, da hatten die sorgenvollen Gedanken mich und hatten mich richtig in Besitz genommen.
Plötzlich hörte ich draußen auf der Straße Rufe, als ob sich zwei über eine größere Entfernung hin etwas sagen wollten. Ich konnte nicht viel verstehen. Nur zum Schluß, da sagte einer, die Franzosen seien nach Johannisberg gegangen.

Jetzt hielt mich nichts mehr im Bett.
Weise Ärzte behaupten, von Sorgen werde man krank. Bei mir bewirkten sie das Gegenteil. Ich fühlte mich plötzlich kräftig genug, um aufzustehen, das heißt, ich dachte gar nicht darüber nach, wie krank ich sei, und ob ich überhaupt aufstehen könnte. Ich stand einfach auf, warf die Zeitung zur Seite, kleidete mich an, verschloß mein Institut für Traubenkunde und ging los. Draußen war niemand mehr, den ich hätte fragen können. So ging ich schnell und auf dem kürzesten Weg zu Maria, sehr zum Mißvergnügen Grandpattes, der sich wohl auf einen gemütlichen Tag eingestellt hatte und nun übellaunig hinter mir hertrottete. Weil ich an nichts anderes denken konnte, als an die drohende Gefahr, verstärkte sich die Sorge um Maria mit jedem Schritt und festigte meinen Entschuß, mit ihrem Vater deutlich zu reden. Ich war so erregt, daß ich an nichts anderes denken konnte.

Es war etwa 11 Uhr am Vormittag.
Herr Leberlein, Marias Vater, war erstaunt, als er mich kommen sah. Wenn ich Maria auch fast jeden Tag besuchte, so war die Zeit meines Besuches diesmal doch ungewöhnlich; denn eigentlich hätte ich in den Weinbergen sein müssen.
Einer der ersten richtig warmen Tage im Mai war es, einer jener blauen, sonnendurchleuchteten Tage, von denen Pater Anselm sagt, er sei dem Herrgott dankbar dafür, daß er ihn so freundliche Tage erleben ließe, Tage, an denen man einfach glücklich sei, zu leben. An einem solchen Tag habe der alte, weise Pater Bibliothekar allerdings vor ein paar Jahren einmal etwas gesagt, das sich in seinem Gedächtnis ziemlich unfreundlich verhakt habe. Er sei mit ihm durch die Weinberge gegangen und habe ganz beiläufig bemerkt, wie angenehm er es empfinde, auf seinem Rücken die Wärme der Sonne zu spüren. Da habe der Bibliothekar gemeint, das sei ein deutliches Zeichen dafür, daß er alt werde.
So ein Tag war das also.
Meister Leberlein schien gesund und munter, sein Haus stand noch, und Colonnes Infernales waren nirgendwo zu sehen. Das konnte mich nicht beruhigen. Am schrecklichsten, dachte ich,

sind die Untaten, wenn sie am hellen Tage unter einer freundlichen Sonne begangen werden.
Die Straße war leer, kein einziger Franzose, überhaupt niemand, nur Meister Leberlein, der sich anschickte, mir sein Erstaunen zu erläutern.
Das wollte ich nicht hören. Ich wollte unmittelbar mit meinem Anliegen beginnen, wußte aber nicht, wie ich es anfangen sollte.
Da halfen mir Sorge und Aufregung. Ich redete einfach los.
„So kann das nicht weitergehen!"
Meine Sorge schlug um in so etwas wie zornigen Ärger, Ärger auch über mich selbst, weil ich mit meiner Rede so lange gewartet hatte, und wie das so ist, wenn man aufgeregt ist und seine Rede nicht vorher festgelegt hat. Man beginnt einfach mit den Worten, die am deutlichsten im Bewußtsein stehen.
„Ich hätte euch schon längst meine Meinung sagen müssen!", und dann forderte ich, ohne auf Leberleins Worte zu achten, es müsse nun endlich ein Termin für meine Hochzeit mit Maria festgelegt werden. Ich hätte nun oft genug versucht, um ihre Hand anzuhalten. Er habe aber immer wieder abgelenkt und mich vertröstet.
Mit Maria sei ich mir schon lange einig, und wir hätten nur aus Rücksicht auf ihn den Termin immer wieder hinausgeschoben, weil wir ihn nicht hätten allein lassen wollen. Es wäre aber doch gegen die Natur, wenn er uns zwingen wolle, auf seinen Tod zu warten. So weit triebe er es noch.
Und ob er denn gar nicht daran interessiert sei, Großvater zu werden? Ob er vielleicht Angst davor hätte, Großvater zu werden, weil er sich sein Alter nicht eingestehen wolle? Das sei lächerlich und eigensinnig und egoistisch dazu.
Noch heute solle der Tag für die Hochzeit festgelegt werden.
Ich weiß nicht, was ich sonst noch alles gesagt habe. Ich erinnere mich nur, daß er mich ein- oder zweimal unterbrechen wollte und „mein lieber Karl" sagte. Da erwiderte ich, ich sei nicht lieb und auch nicht sein Karl, der wolle ich schließlich erst werden und sein Schwiegersohn obendrein, und fuhr fort in meiner Zornesrede und verstieg mich sogar zu der Drohung, daß ich Maria entführen und irgendwo gegen seinen Willen

heiraten werde, wenn er nicht sofort seine Zustimmung gebe. Ich gestehe, ich hatte dabei die vage Idee, daß uns Pater Anselm auch im Klosterkeller in Johannisberg trauen könne.
Endlich kam Maria. Ich beruhigte mich schnell, als ich sie sah, und war erleichtert und ein bißchen verwundert darüber, daß ich endlich meine Meinung so deutlich gesagt hatte.
Herrn Leberleins Frau war vor mehreren Jahren gestorben. Seit dieser Zeit versorgte ihn seine Tochter. Das war ihm sehr angenehm, so angenehm, daß er diesen Zustand nicht ändern wollte. Ich hatte mich darauf eingelassen, und das Verhältnis war zur Gewohnheit geworden. Wenn aber ein Verhältnis einmal zu einer Gewohnheit geworden ist, bedarf es einer besonderen Anstrengung, es zu beenden. Ich wollte mich nun nicht mehr ablenken lassen.

Herr Leberlein ließ uns allein.
Er ging, eine Flasche Riesling zu holen. Das macht er immer so, wenn er nicht recht weiter weiß.

Maria und ich hatten aber keine Gelegenheit, über mein zorniges Ultimatum zu reden, denn jetzt kam es, das unerwartete Erwartete, ähnlich meiner düsteren Vorahnung und doch ganz anders. Es hatte meines Freundes Oskar wohlbekannte Gestalt und rannte rufend und lärmend durch die Straßen. Oskar arbeitet auf dem Johannisberg und ist meistens in den Weinbergen oder dem Keller des Klostergutes beschäftigt. Wenn ihn etwas aufregt, bleibt es kein Geheimnis.
Zuerst konnten wir nicht verstehen, was eigentlich geschehen war.
„Ein Unfall war das!“, rief er.
„Durch ihre Verbrechen haben sie den Herrgott lange genug herausgefordert. Jetzt hat er sie bestraft. Die Hand Gottes hat das Seil zerrissen, und der Bösewicht liegt zerschmettert.“
Wirklich, er sagte ‘zerschmettert’, ein Wort, das er sonst wahrscheinlich noch nie benutzt hat. Nur gehört hat er es, wenn am Sonntag in der Kirche aus dem Evangelium gelesen wurde an einer Stelle, an der davon die Rede ist, daß Gott seine Feinde zerschmettert.

Erst als Leberlein aus dem Keller kam, eine Flasche Wein auf den Tisch stellte und auch für ihn ein Glas aus dem Schrank holte und dann langsam und bedächtig einzuschenken begann, beruhigte er sich. Er beobachtete jede der Bewegungen Leberleins, zupfte ein bißchen an seinem Hemd herum, als ob da etwas nicht in Ordnung sei und sagte dann:
„Einer der Räuber wenigstens ist tot! Das Faß hat ihn zerquetscht.

Ich habe die Treppenstufen nie gezählt. Heute aber habe ich sie gezählt. Es sind genau einundzwanzig, so viele Stufen führen in den Keller des Klosters, und weil es einundzwanzig sind, haben sie auch eine Stufe in der Mitte, nämlich die elfte, ganz gleich, ob ihr von oben oder von unten zählt."
Keiner unterbrach ihn, denn wir wußten, sein Bericht würde nur noch länger dauern, wenn wir ihn unterbrächen.
„Heute morgen kamen sie. Vier Franzosen, der Hauptmann Clabaud und seine drei Freunde, der, den sie Tonnelot nennen, weil er so dick ist wie ein Faß, und der Barbelion mit seinem Löwenbart und der Bretone. Sie haben ein paar Soldaten mitgebracht und verlangten, wir sollten die Kellertür aufschließen. Ihr wißt ja, daß Pater Anselm nicht da ist. Er wird erst heute abend zurückkommen aus Fulda. Er hat aber Glück gehabt. Der Fürstbischof will die Kontribution bezahlen. Die französischen Pioniere, die mit Äxten, Hauen und Pickeln gekommen waren und das Schloß abbrechen und die Weinberge aushauen wollten, wenn der Abt die Kontributionen nicht bezahlt hätte, sind wieder abgezogen.
Wir haben uns wieder sicher gefühlt und den vier Franzosen gesagt, sie brauchten sich keine Mühe zu machen, die Kontributionen sollten pünktlich bezahlt werden. Die vier wollten aber keine Kontributionen, sie wollten Wein aus dem Keller rauben.
Also wir mußten die Kellertür aufschließen. Dann sahen wir, daß sie nicht allein gekommen waren. Sie hatten den Kufenholz mitgebracht. Das ist der, der vor ein paar Jahren aus Mainz hierhergezogen ist. Der schon manchmal, wenn der Schrötermeister verhindert war, dessen Amt übernommen hat. Der

hatte noch ein paar Leute dabei, die brachten die Schrotwinde, die große Haspel, angeschleppt. Den Wagen hatten sie vorm Tor gelassen, damit wir nicht gleich merken sollten, weshalb sie gekommen waren. Die Soldaten blieben im Hof.
Schrotleitern hatten sie mitgebracht, und die vier Franzosen haben geholfen, die Leitern in den Keller zu schaffen, weil nicht genug Schröter mitgekommen waren. Dann sind sie gleich nach hinten in den Keller gegangen zu einem von den Fässern, in denen der beste Wein liegt. Sie haben erst gar nicht probiert. Es war, als ob ihnen einer erklärt gehabt hätte, wo sie hingehen müßten, um den besten Wein zu finden. Dann haben sie das Faß gesichert mit zusätzlichen Ringen, damit ihm nur ja beim Transport nichts geschehen könne, und haben es auf die Schrotleitern gewälzt und zur Treppe geschoben.
Da mußten alle anfassen.
Nur ich habe nicht mitgemacht. Ich habe mich geweigert. Sie wollten mich zwingen, einer, ich meine, es sei der Bretone gewesen, hat dann aber gesagt, damit würden sie zuviel Zeit verlieren.
So habe ich nur dabei gestanden, voll Zorn.
Eines unserer besten Fässer war das."
Er nahm einen Schluck Wein und sah uns der Reihe nach an, dann überlegte er.
Wir schwiegen.
Im Erzählen war er ruhiger geworden.
Nun dachte er wohl darüber nach, wie er uns das Weitere berichten solle, so daß wir es richtig vertehen könnten – in seinem Sinne richtig verstehen.
„Sie haben die Winde ganz rechts an der Kelleröffnung anbringen müssen, weil links, halb vor der Öffnung, eine Wasserbütte stand, die sie nicht wegschieben wollten. Das hätte zuviel Mühe gemacht.
Die lange Schrotleiter lag also, von unten gesehen, mehr links auf der Kellertreppe. Das ist doch klar, wenn sie, von oben gesehen, mehr rechts auf der Treppe lag. Sie war schon vorher gut eingefettet worden. Das Faß haben sie dann auf die Leiter gekippt und die Seile, die von der Winde kommen, rechts und links unten am Faß in die Dauben eingehakt.

Die meisten Schröter waren oben an der Winde. Unten waren nur noch der Bretone, der Hauptmann Clabaud und einer der Schröter und ich. Ich bin in den Keller zurück gegangen, um die Kerzen zu löschen. Wenn sie noch ein Faß rauben wollten, so wollte ich den Raub wenigstens verzögern. Es dauert immer einige Zeit, bis die Kerzen angezündet sind, besonders wenn man sich beim Anzünden so geschickt anstellt wie ich."
Er grinste. Wie stolz war er doch auf seine Geschicklichkeit und diesmal auf seine geschickte Ungeschicklichkeit.
„Mehr hätte ich doch nicht tun können oder…?"
Er sah mich an, als ob er an meiner Zustimmung zweifeln könnte, als ob er an meiner Zustimmung zweifeln wollte? Ich konnte mir seinen Blick nicht deuten.
Dann grinste er nicht mehr.
„Während ich die Lichter löschte, hatten sie wohl begonnen, das Faß nach oben zu winden und zu schieben. Ich konnte sie nicht sehen, weil ja, wie ihr wißt, die Treppe zum Keller hin durch eine Mauer so abgetrennt ist, daß man vom Keller aus nicht sehen kann, was auf der Treppe vor sich geht.
Ich wollte es auch gar nicht sehen.
Ich konnte nur den Hauptmann sehen, der am Fuß der Treppe stand und Anweisungen gab. Offenbar schoben also der eine Schröter, ein besonders kräftiger Kerl, und der Bretone, der zwar kleiner war, aber auch mit einigen Kräften gesegnet, wie Pater Anselm sagen würde. Sie hatten das Faß wohl bis zur Hälfte der Treppe emporgewunden und geschoben, da hörte ich einen Schrei und einen ärgerlichen Ausruf auf französisch. Ich habe ihn nicht verstanden. Es könnte ein Fluch gewesen sein. Gleich darauf sah ich, wie der Hauptmann die Treppe hinauflief und der Bretone herunterkam. Er hielt sich die Hand oder die Finger oder vielmehr das Handgelenk. Vielleicht hatte er sich das Handgelenk verrenkt. Ich weiß es nicht. Ich weiß auch nicht, wie das geschehen sein könnte. Ich weiß nur, daß er nicht mehr weiter drücken konnte. Vielleicht ist er ausgerutscht und auf die Treppe gefallen, wollte sich mit der Hand abfangen und …
Dann ist es ganz plötzlich passiert.
Ein heftiger Lärm auf der Treppe.

Schreien und Poltern.
Ich sprang hinzu und traf gegen den Bretonen, der rücklings von der Treppe wegtaumelte in den Keller hinein, und von oben kam das Faß, das volle, schwere Faß, halb über den Clabaud geschlittert oder gerollt, der zurück, die Treppe hinunter und nach rechts gesprungen, hingefallen und die Treppe hinabgerutscht war. Das Faß lag auf ihm, auf seinem Unterleib und hat ihm die Brust abgequetscht.
Ihr wißt ja, daß die Treppe links und rechts von einer Mauer eingefaßt ist, daß aber links in der Mauer, also auf halber Höhe, von unten gesehen, links in der Mauer, die die Treppe abschließt, eine Tür ist, ein schmales Podest und eine Tür.
Die hatte der Schröter...
Also das Seil war gerissen, das eine Seil, das rechte Seil, einfach gerissen, der Clabaud konnte das Faß nicht halten. Die Winde hat doch links weiter gezogen, das linke Seil war doch noch fest, und der Haken hielt, und weil rechts kein Zug mehr war, hat der Zug links das Faß gedreht und auf den Clabaud gedreht, das ganze Gewicht auf einen. Da hätte er allein das ganze Faß halten müssen. Der Schröter konnte ihm nicht helfen, der schob ja noch, als sich das Faß schon drehte. Weil er noch geschoben hat, hat sich das Faß nur noch schneller gedreht.
Bis der das merkte, war es zu spät.
Also der Schröter, der konnte nur noch mit einem Sprung auf das Podest hinaufspringen.
Der Bretone hätte da auch nichts mehr retten können. Wenn er das versucht hätte, wäre er nur mitzerquetscht worden.
Dann kamen sie natürlich alle angerannt. Helfen konnten sie auch nicht. Wie durch ein Wunder war das Faß unversehrt, wie durch ein Wunder."
Hilfesuchend schaute er Maria an. Maria nickte.
Meister Leberlein sagte: „Da brauchts kein Wunder, das Faß ist doch weich gefallen..."
Ich merkte, wie er über seine eigenen Worte erschrak.
„Jetzt hatten sie genug zu tun, das Faß von dem Hauptmann wegzurollen. Da hat keiner mehr daran gedacht, noch mehr Wein zu rauben. Da hatten sie erst mal genug vom Rauben.
Das war die gerechte Strafe!

Den Bretonen hat der Unfall so verwirrt, daß er zuerst Unsinn geredet hat.
Er ist auf den Sterbenden zugegangen und hat gesagt:
'Äpfel und Kohlen sind all!'
Das war noch, bevor die anderen die Treppe herunterkamen.
Später kam ein anderer Franzose, ein hoher Offizier, der fragte nach Pater Anselm. Der war ja nicht da. Er kommt erst heute abend. Der kann mit der ganzen Geschichte nichts zu tun gehabt haben. Der Offizier sagte, der Fürstabt habe sich endlich entschlossen, die Kontributionen zu bezahlen, deshalb wolle er mit Pater Anselm reden.
Ich habe gemerkt, daß ihm die Räuber peinlich waren. Er hat den anderen Mönchen, die auch gekommen waren, versprochen, daß so etwas nicht mehr vorkommen solle. Er hat auch gleich gesehen, daß das ein Unfall war, und ich glaube nicht, daß die Franzosen diesen Unfall noch genauer untersuchen wollen.
Aber man kann das ja nie so genau wissen, deshalb habe ich gleich nach dem Seil gesucht, um es zu verwahren, damit wir einen Beweis dafür hätten, daß es gerissen ist und nicht etwa zerschnitten wurde.
Wer hätte es auch beim Hinaufwinden zerschneiden sollen, das hätten doch alle gesehen. Wahrscheinlich war es ein altes Seil, das schon etwas mürbe war. Schließlich war der richtige Schrötermeister nicht da, und der Kufenholz wußte mit den Werkzeugen sicher nicht so gut Bescheid und hat ein falsches Seil gegriffen. Bestimmt nicht mit Absicht.
Ich habe das Seil aber nicht mehr gefunden. Wahrscheinlich hat es der Schrötermeister mitgenommen."
Ob er nicht hätte im Kloster bleiben müssen, um den Mönchen zu helfen und auf die Rückkehr Pater Anselms zu warten, fragte Maria.
Da schüttelte er den Kopf. Im Kloster sei jetzt alles ruhig.
Die Franzosen hätten den Toten mitgenommen. Pater Anselm komme erst gegen Abend. Das Faß sei wieder an seinem Platz.

Mir kam Oskars Bericht an manchen Stellen merkwürdig vor. Ich war nun erst recht verwirrt und beunruhigt und fühlte mich

wie in einem üblen Traum, in dem schlimme Erlebnisse schnell hintereinanderkommen und zum Schluß noch ein schwarzer Schatten bedrohlich sich ausbreitet und alles Licht verschlingt.
Unfall, dachte ich, Unfall ... und wenn es kein Unfall war?
Pater Anselm hatte mich selbst auf den Lucius Cassius Longinus Ravilla[3] hingewiesen, der gesagt hatte, man müsse bei einem Kriminalfall immer zuerst fragen: 'cui bono', wer hat einen Nutzen von der Tat?
Wer einen Nutzen von diesem Unfall hatte, war hier leicht zu sehen.
Die Mönche hatten einen Nutzen, also vor allem Oskar und Pater Anselm.

Warum bestand Oskar so heftig darauf, daß es ein Unfall war?
Der Gedanke, bei dem Unfall könne es vielleicht nicht mit rechten Dingen zugegangen sein, ließ mich alles andere vergessen, auch die Hochzeit.
Herr Leberlein war vielleicht erleichtert, aber er mußte jetzt doch gemerkt haben, daß ich mich nun nicht mehr länger hinhalten ließe.
Über den Unfall aber mußte ich zuerst Gewißheit erlangen.
Ich beschloß, sofort zum Kloster hinaufzugehen, um zu sehen, ob ich dort noch etwas finden könnte, was mir einen Hinweis auf die Ursache des Unfalls, die wirkliche Ursache des Unfalls, geben könnte.
Grandpatte sollte mitkommen.
Er wäre freilich lieber bei Maria geblieben, denn es roch lieblich nach Braten und Gemüse.
Auch Oskar zögerte, mit mir zu kommen.
Aus demselben Grund?

III

Lappen und Liebe

Für die Schönheit dieses Maientages hatte ich nun gar keinen Sinn mehr. Ich ging zwar durch die Weinberge und sah, wie sich die jungen Triebe bereits entfaltet hatten, und sah, wie die Winzer die Erde lockerten mit ihren Hacken, sah Blumen und Vögel, Scharen von Raben, die vor mir aufflogen, wenn ich ihnen zu nahe kam, und sah doch von alledem nichts. Wie durch einen Tunnel ging ich, einen Tunnel aus trübem Glase, den Tunnel meiner Gedanken, der mich von allem trennte. Nur Schatten bewegten sich rings um mich her.

Von Maria hatte ich mich nur kurz verabschiedet und Oskar, der neben mir herging und unablässig auf mich einredete, den nahm ich kaum wahr, und von dem, was er da erzählte, drangen nur wenige Worte vor bis in meine Gedanken. Da wir aber einen längeren Weg hatten, sammelte sich doch einiges davon im Hintergrunde meines Bewußtseins an. Da lag es in einem ungeordneten Haufen.

Der Clabaud wäre ein übler Kerl gewesen, nicht nur ein Räuber, auch ein Weiberheld, ein Weiberbetrüger.

Da hätte das Unglück einmal wirklich den richtigen erwischt. Kein Mädchen hätte der in Ruhe lassen können.

In den Gasthäusern hätte er die Bedienung belästigt, auch in Straußwirtschaften. In 'Heckenwirtschaften', sagte er.

Er habe auch gehört, daß es schon Ärger gegeben hätte. Die jungen Leute hätten den Kerl verprügeln wollen. Einmal hätte er die Tochter eines Winzers in dessen Heckenwirtschaft sogar geküßt. Zu einem Kuß gezwungen hätte er sie. Ihren Kopf hätte er festgehalten und sie zum Kuß gezwungen.

Vor allen Leuten hätte er das gemacht. Da hätten sie ihn beinahe verdroschen. Die anderen, seine Freunde, die Franzosen aber hätten ihre Säbel gezogen.

Das wäre für ihn noch einmal gut ausgegangen. Eigentlich wäre es aber schlecht gegangen. Eigentlich hätte er es verdient gehabt, die Prügel hätte er verdient gehabt, mehr als nur Prügel.

Die anderen drei wären aber immer dabei gewesen.
Das wären genauso schlechte Kerle wie er. Die hätten alle verdient, unter ein Faß zu geraten.
Ein vierblättriges Unglückskleeblatt wäre das gewesen. Herr Leberlein hätte das einmal gesagt. Jetzt wäre es nur noch ein dreiblättriges Kleeblatt.
Auch an die Freundin eines der Schröter hätte sich der Clabaud herangemacht. Der hätte das gewußt. Das dumme Mädchen hätte sich auch so halb mit dem Clabaud eingelassen.
Er habe davon erzählen hören. Was 'so halb' sei, habe er nicht gefragt, damals habe es ihn nicht interessiert. Jetzt ärgere er sich darüber, daß er nicht gefragt habe.
Das wäre nicht der kräftige Schröter gewesen, der von unten gedrückt habe. Einer von denen an der Winde wäre das gewesen.
Mit dem Bretonen wäre das anders.
Er ging etwas schneller, als er das sagte, und versuchte, sich halb umwendend, meinen Blick von vorne aufzufangen, dann fuhr er fort, der Bretone sei, was Frauen angehe, eine Ausnahme. Der habe eine feste Freundin, die Tochter des Kufenholz.
Ich sagte nichts.
Da fügte er hinzu, er, Oskar, wisse aber nicht, wie die sich mit so einem einlassen könne. Aber der Kufenholz sei ja aus Mainz zugezogen. Vielleicht habe der Bretone das Mädchen schon dort kennengelernt.

...und so ging es fort und fort, und ich weiß nicht, was er sonst noch alles erzählt hat, das aber, was ich hier notiert habe, drang mir ins Bewußtsein und blieb in meinem Gedächtnis haften.

Das war also ein übler Kerl, der Clabaud, und manch einer hatte gute Gründe, ihm alles Böse zu wünschen, vielleicht auch ihn umzubringen.
Aber warum erzählte mir Oskar das alles? Er glaubte doch, daß es sich um einen Unfall handelte.
Erzählte er mir das alles nur, um mir deutlich zu machen, daß das Unglück den richtigen ausgesucht hatte?

Wenn es kein Unfall war, wenn irgendwer das Unglück herbeigeführt hatte, dann stimmte etwas nicht an dem Bild, das Oskar da entworfen hatte: 'Mord aus Eifersucht' an einem üblen Weiberhelden; denn eigentlich hätte der Unfall doch den Bretonen treffen müssen, und den hatte Oskar doch ausdrücklich aus dieser Eifersuchts- und Belästigungsgeschichte herausgenommen. Wer konnte schon wissen, daß dieser fallen und sich das Handgelenk verrenken werde, und daß der Hauptmann seinen Platz hinter dem Faß einnehmen werde? Das konnte niemand wissen.
Bei einem Mord mußte man also davon ausgehen, daß der Bretone hatte umgebracht werden sollen.
Bei wem hatte der sich unbeliebt gemacht?
Vielleicht wollte ihm der Kufenholz seine Tochter nicht geben, oder die Tochter hatte noch einen anderen Verehrer, der ihn aus dem Weg räumen wollte.
Ich merkte, daß ich mich in Oskars Gedankenspuren befand. Ich hatte für eine ganze Weile nicht mehr daran gedacht, daß die liebe Eifersucht nur ein Beweggrund war, einer von vielen, diesen Mord zu begehen. Etwas anderes war der direkte Nutzen, der darin bestand, eine weitere Ausplünderung dieses Kellers und auch anderer Keller zu verhindern. Dabei war es dann ganz gleich, welchen der vier Franzosen das Unglück traf. Es hätte sogar gereicht, wenn einer der Schröter unter das Faß geraten wäre, oder wenn gar niemand unter das Faß geraten wäre. Ein Unfall ohne Toten, ja ohne Verletzten, hätte wahrscheinlich auch den Transport der Fässer aus dem Keller verhindert. Sicherer freilich war es, wenn einer der Franzosen getötet oder schwer verletzt würde.
Welchen es betraf, das war nicht so wichtig!
Ich sah nach Oskar hin, der immer noch neben mir herging und auf mich einredete. In den letzten Minuten hatte ich überhaupt nichts mehr gehört von dem, was er sagte.

Im Kloster war alles ruhig.
Wir gingen straks zum Keller.
Die Tür stand noch offen. Es war aber niemand mehr zu sehen.
Die Spuren des Unfalls waren weggeräumt.

Wir gingen die Treppe hinunter, und ich sah dabei das Podest und die Tür, durch die ich schon so oft, von Pater Anselms Zelle kommend, in den Keller hinabgegangen war. Durch einen Sprung konnte man wohl dahin gelangen, auch wenn man etwas tiefer stand. Ein kräftiger Mann konnte sich da in Todesnot retten. Wäre er bei diesem Sprung gestrauchelt und gefallen, dann wäre er vielleicht auch noch unter das Faß geraten, vielleicht auch, wenn das Faß aus der Bahn der Schrotleiter kippte, gegen die Wand gedrückt worden. Dann hätte ihn das fallende Faß freilich schnell freigegeben.

Das Faß war noch am Fuß der Treppe, etwas zur Seite geschoben, so daß man unbehindert in den Keller gehen konnte. Es lag auf einer kurzen, stark eingefetteten Schrotleiter. Es war noch nicht wieder an seinem Platz, wie Oskar gesagt hatte.

Da hatte er sich geirrt. Ich ließ mir von Oskar eine Kerze geben und ging dann die Treppe hinunter, von der elften Stufe an gebückt die Stufen beleuchtend und betrachtend, konnte aber nichts Ungewöhnliches entdecken. Grandpatte sah mich verwundert an und lief dann vor mir her und schnupperte. Er schnupperte auch an der Schrotleiter und leckte an dem Fett, ließ das aber sogleich wieder sein und schüttelte sich voll Unbehagens. Er lief in den dunklen Keller hinein und kam nach ein paar Minuten zurück mit einem kleinen, viereckigen Lappen, der ganz fettig und verdreckt war. Den brachte er mir, und als ich ihn nicht haben wollte, nahm er ihn wieder ins Maul und stieß ihn mir in die Kniekehle. Ich mußte ihn nehmen, wenn ich meine Hosenbeine vor Schaden bewahren wollte.

Vielleicht hatte der Lappen etwas zu bedeuten. Schließlich darf man, wenn man einen Unfall oder Mord aufklären will, nichts übersehen, auch kleine, schmutzige Lappen nicht.

Was sollte aber ein Lappen, der hinten im Keller lag, mit einem Unfall zu tun haben, der sich vorne an der Kellertreppe ereignete?

Wenn er hier vorne gelegen hätte, wäre das ungewöhnlich gewesen und hätte erklärt werden müssen. Ein Lappen hinten im Keller bei den Fässern bedurfte keiner besonderen

Erklärung. Das konnte ein Lappen sein, mit dem etwas abgedichtet worden war.
Aber es gab da noch eine Möglichkeit.
Da der Lappen voller Fett war, konnte er sich leicht an einen Schuh angeklebt haben. Dann konnte ihn also einer, wenn er mit diesem Lappen am Schuh nach hinten in den Keller gegangen war, ohne es zu wissen, dorthin mitgenommen und dort verloren haben. Jeder konnte das gewesen sein.
Ich beschloß, ihn mitzunehmen und ihn bei Tageslicht genauer zu untersuchen.
Grandpatte war zufrieden, als er sah, wie ich seine Beute mit spitzen Fingern aufnahm und nach oben ans Tageslicht trug.

Es war ein merkwürdiger Lappen.
Soweit die fettige Schmutzschicht es erkennen ließ, war er ursprünglich einmal weiß oder gelblich weiß gewesen. Durch den Lappen lief ein Faden, ein roter Faden offenbar. Der Faden lief aber nicht in einer geraden Linie, sondern knickte in vier Ecken ein und beschrieb dann so etwas wie eine Kurve, bevor er wieder zu einer Ecke führte.
Genau war das nicht zu erkennen. Wir würden den Lappen ganz vorsichtig waschen müssen, denn rote Farbe ist meistens nicht so haltbar wie etwa Blau, die konnte sich leicht verflüchtigen, wenn sie beim Waschen grob behandelt wurde. Sie mußte aber erhalten bleiben, damit wir sehen könnten, ob dieser Faden einen Sinn hätte.
Oskar konnte sich nicht erinnern, jemals im Keller einen Lappen mit einem solchen roten Faden gesehen zu haben. Ich konnte das auch nicht.
Vielleicht hatte Grandpatte doch etwas Wichtiges gefunden.
Ich überlegte, wie der Lappen dahin gekommen sein könne. Es konnte ihn einer verloren haben, es konnte ihn aber auch einer absichtlich dahin gelegt haben.

Oskar wollte den Lappen sofort waschen. Er war neugierig, und es war ihm anscheinend unangenehm, daß Grandpatte den Lappen gefunden hatte.
Ich lehnte ab.

Maria müsse den Lappen waschen. Sie könne das am besten. Sie habe sicher mehr Erfahrung mit roten Fäden als er. Oskar hätte den Lappen so gründlich gewaschen, daß der rote Faden vielleicht ganz verschwunden wäre.
Ich bat um ein wenig Papier, wickelte den Lappen ein und machte mich auf den Rückweg.
Auf Pater Anselm wollte ich nicht warten. Das hätte zu lange gedauert, und ich wollte auch noch einmal über alles, was ich gehört und gesehen hatte, in Ruhe nachdenken.
Ehe ich ging, stellte ich mich vor den Kellereingang und versuchte mir vorzustellen, ob einer von denen, die an der Winde beschäftigt waren, hätte sehen können, wie sich der Bretone zurückzog und Clabaud seinen Platz einnahm. Wahrscheinlich hätte das keiner sehen können, weil ja das Faß die Sicht auf alles versperrte, was auf der unteren Treppenhälfte hinter dem Faß geschah. Es schien mir auch unmöglich, das Seil zu zerschneiden während des Schrotens. Das hätten alle, die oben standen, bemerkt, ganz gleich, ob es einer direkt an der Haspel oder ein Stück tiefer gekappt hätte, weil er es seitlich vom Faß hätte kappen müssen. Da hätten also alle, die oben standen, mit diesem Mord einverstanden sein müssen. Das war sehr unwahrscheinlich. Welchen Grund hätte es geben können, der für alle ein guter Grund gewesen wäre, den Clabaud oder den Bretonen oder beide umzubringen?

Oskar blieb im Kloster.
Im Weggehen hörte ich ihn murmeln: „Äpfel und Kohlen, was für ein Quatsch!“

Auf dem Rückweg ohne Oskar konnte ich besser nachdenken. Wenn ich über die Männer nachdachte, die bei dem Unfall anwesend waren, wollte ich mit dem beginnen, über den ich schon am meisten gehört hatte, mit Kufenholz.
Er war vor ein paar Jahren aus Mainz gekommen. Ein mittelgroßer, kräftiger Mann, vielleicht fünfzig Jahre alt, mit einem regelmäßigen Gesicht, mehr wie eine Maske sah es aus, da es meist unbewegt war. Die Augen hinter dieser Maske waren aber so lebendig, daß man meinen konnte, sie gehörten eigent-

lich nicht zu diesem Gesicht, seien nur zufällig da hineingeraten, wachsam und kritisch und abweisend.
Das Gesicht war wie ein Schutz für diese Augen. Ein ungemütlicher Mann, ein gefährlicher Mann war das. Noch nie hatte ich ihn in einer Straußwirtschaft gesehen oder Wein trinken gesehen, nicht ein Glas. Ich hatte nur einmal mit ihm gesprochen. Das war, als er für Meister Leberlein ein Faß ausgebessert hatte. Maria war dabei gewesen. Sie hat ihn gefragt, warum er Mainz verlassen habe.
Widerwillig hatte er geantwortet. Ich bin mir sicher, daß er mir oder Meister Leberlein gar keine Antwort gegeben hätte, daß er uns ausgewichen wäre. Maria hat ihn sehr teilnahmsvoll gefragt.
Eine Bombe habe ihn aus Mainz vertrieben. Sein Haus habe am Stadtrand gestanden und sei, als Mainz von den Preußen beschossen worden sei, von einer Bombe aus einer der großen Kanonen getroffen worden. Die Bombe sei durch das Dachgebälk und die oberen Zimmer bis ins Erdgeschoß durchgeschlagen und in der Küche explodiert. Die Explosion habe die Wände nach außen gedrückt, so daß das ganze Haus eingstürzt sei. Seine Frau sei in der Küche gewesen. Für die Beerdigung sei nur wenig von ihr übrig geblieben.
Als er das sagte, verzog er einmal sein Gesicht. Was dabei entstand, kam mir vor wie ein schauerliches Grinsen, es wird aber wohl ein Ausdruck des Schmerzes gewesen sein, oder es sollte ein Ausdruck des Schmerzes gewesen sein.
Die Frau, die jetzt bei ihm wohne, sei seine Schwester. Sein Schwager sei tot.
Mehr sagte er nicht.
Seine Schwester hatte ich schon gesehen. Sie war eine großflächige Frau, wobei großflächig mehr den Gesamteindruck betrifft. An den entsprechenden Stellen waren die notwendigen Wölbungen durchaus vorhanden. In ihrem Gesicht hatte sich eine fettglänzende Freundlichkeit festgesetzt und war mit den Jahren ranzig geworden.
Ein merkwürdiges Paar!
Sie hatten bei einem weitläufig Verwandten in Geisenheim, einem Weinhändler, eine Unterkunft in einer Art leerste-

hendem Hühnerstall gefunden, den Kufenholz mit wenig Mitteln ganz ansprechend hergerichtet hatte. Das konnte er offenbar. Er war ein guter Handwerksmann.
Wie der 'Hühnerstall' allerdings innen aussah, konnte bisher noch keiner berichten, da die beiden keinen hineinlassen. Aber ich konnte mir vorstellen, daß auch das Innnere der seltsamen Behausung zwar eng, aber wohnlich genug gestaltet sei.

Was die Leute sich so erzählten, beim Schoppenschorsch konnte man genug davon hören, denn 'die Leute' reden gern über andere Leute und besonders gern über Leute, die sich von den anderen Leuten fernzuhalten versuchen, auch wenn sie bescheiden in Hühnerställen wohnen, also was die Leute von ihm und seiner Schwester erzählten, hörte sich ganz anders an als die Geschichte, die er Maria vorgetragen hatte.

Er und sein Schwager seien unter den eifrigsten Klubisten gewesen, das waren in Mainz die Männer, die mit den Franzosen zusammengearbeitet haben, als diese im Jahre 1792 und 1793 die Stadt besetzt hatten. Sie machten sich unbeliebt, da sie dabei halfen, den Bürgern, die nicht so freiheitlich gesinnt waren wie sie, das Eigentum wegzunehmen. Manche sollen sich dabei bereichert haben. Als die Franzosen dann kapitulieren mußten, ist ihnen das schlecht bekommen.
Manchen von ihnen gelang es wohl, mit den abziehenden Franzosen die Stadt zu verlassen, manche aber wurden von den zornigen Mainzern erwischt und übel traktiert.
Das Haus des Kufenholz soll überhaupt nicht am Stadtrand gestanden haben und auch nicht von einer Bombe getroffen worden sein. Es soll von Bürgern der Stadt geplündert worden sein, die sich einen Teil ihres Eigentums zurückholen wollten. Vielleicht waren das aber auch Leute, die gar nichts verloren hatten und nur die günstige Gelegenheit nutzten, ein paar bessere Möbel zu ergattern, besser als die, die sie zu Hause hatten, oder auch ein paar Wertsachen, Schmuck oder so.
Seine Frau soll den Plünderern entgegengetreten und von diesen erschlagen worden sein. Andere sagen, sie sei von einem Standbild erschlagen worden, das die Plünderer auf die Straße

geworfen hätten, weil sie gedacht hätten, das sei das Bildnis eines der Pariser Revolutionäre. Das sei aber das Bild eines griechischen Weisen aus dem Altertum gewesen.
Es sei eine hübsche junge Frau gewesen, und natürlich gibt es da auch Leute, die wissen wollen, ihr Tod sei dem Kufenholz gelegen gekommen; denn sie habe ein ganz unpolitisches Verhältnis zu einem französischen Offizier unterhalten. Manche wollten sogar wissen ... aber das war alles nur Gerede, auf das ich mich nicht verlassen konnte.
Der Schwager sei schon vorher unter Umständen umgekommen, die ihm nicht zur Ehre gereichten, vor der Rückeroberung der Stadt durch die Koalitionstruppen. Ich habe aber vergessen, wie.
Vielleicht wäre es wichtig, das herauszufinden.

Ich dachte an die Tochter des Kufenholz. Von dieser hörte man, sie arbeite als Schreibhilfe bei ihrem Onkel, dem Weinhändler, und wohne auch in dessen Haus. Ich konnte mir gut vorstellen, daß sie es bei dem finsteren Vater und seiner Schwester nicht aushielt und Aufheiterung suchte, und wenn es bei dem Bretonen war. Nach Oskar sollte das ja noch der am wenigsten schlimme im schlimmen Kleeblatt sein, das jetzt nur noch ein dreiblättriges Kleeblatt war.
Was der Kufenholz wohl davon hielt? Er hatte sich wahrscheinlich wie die meisten der Klubisten mehr Schutz von den Franzosen erhofft und war nun enttäuscht.
Was aber diese Enttäuschung bedeutete? Ob sie ihm auch den Bretonen mißliebig machte?
Je länger ich über diesen Kufenholz nachdachte, desto gewisser wurde mir, daß ich bei ihm leicht einen Beweggrund für einen Mord finden könnte, wenn ich nur an den rechten Stellen Nachforschungen anstellte, in Mainz zum Beispiel. Da fiel mir ein, daß ich auch von der ewig freundlichen Schwester gehört hatte, sie habe mit den Franzosen verkehrt, intensiver als ihrem Manne hatte lieb sein können.

In den Weinbergen war am frühen Nachmittag niemand zu sehen. Sie waren wohl alle mit Kellerarbeiten beschäftigt. Nur

ein einsames Liebespaar traf ich, engumschlungen wandelten sie durch die maibeglückte Flur. So eng war die Umschlingung, daß sie kaum vorankamen. Da war es nur natürlich, daß sie immer mal wieder ganz stehen blieben und einander küßten. Sie nahmen mich gar nicht wahr, obwohl ich nah an ihnen vorüberging. Beim Küssen hielt er sie in einer Weise umfangen, die darauf schließen ließ, daß ihre Verbindung enger war, als Vater Kufenholz ahnen mochte.
Hanna Kufenholz war es, durch den Mai geleitet von ihrem Bretonen. Ich sah sie an, ganz in Gedanken, und erst als mir bewußt wurde, wie indiskret mein Blick war, wendete ich mich ab. Sie hatten aber weder meinen Blick noch mich bemerkt. Da hatte der Bretone den Schock des Mordunfalls wohl schnell überwunden – oder suchte er Trost? Ob er bereits daran gedacht hatte, daß dieser Unfall vielleicht gar kein Unfall war?

Maria saß hinter dem Haus in der Sonne. Sie hatte ihren kleinen Tisch aus dem Schatten der Rebenlaube hinausgerückt, um die Sonne richtig genießen zu können. Sie sah mir entgegen, als ob sie auf mich gewartet hätte.
Ich sah sie zwar und sah sie auch an, vor meinem geistigen Auge stand aber noch deutlich das ineinandergeschlungene Liebespaar, und ich sagte: „Wenn man verliebt ist, sieht man nichts, dann sieht man nur noch die Geliebte!“
„Den Geliebten!“ sagte Maria und sah mich an.
„Eigentlich hätte ich trotzdem mit ihm sprechen sollen…!“, sagte ich.
Maria schaute mich verwundert an: „Du hast doch mit ihm gesprochen, und wie du mit ihm gesprochen hast.“
„Ich“, meinte ich da, „ich weiß doch gar nicht, wie gut er Deutsch kann, vielleicht spricht er mit der Hanna französisch…“
„Karl“, rief sie da, „wach' auf! Wovon sprichst du eigentlich? Du weißt doch, daß mein Vater Deutsch versteht. Wer aber soll Hanna sein?“
Sie kam auf mich zu, nahm meine Hände und gab mir einen Kuß. Ich schüttelte mich und schüttelte meine Gedanken ab und nahm sie fest in meine Arme. Ich hatte ja gerade erst gesehen, wie man das macht.

Ich bewundere sie sehr. Sie ist nicht gleich beleidigt und schmollt auch nicht, wenn ich mich einmal merkwürdig benehme, und mein Benehmen mußte ihr wahrlich merkwürdig vorkommen.
Sie saß da und wartete auf mich, nachdem ich nach meiner Hochzeitsrede an ihren Vater mit Oskar einfach davongelaufen war, wegen eines Mordes, den offenbar jeder außer mir für einen Unfall hielt. Dann kam ich zurück und redete von Verliebten, ohne uns beide zu meinen, und erwähnte dabei auch noch eine Hanna.
Ich wollte aber ihr Vertrauen nicht allzusehr strapazieren und so beeilte ich mich, ihr zu erklären, wovon ich gesprochen hatte und, wichtiger noch, warum ich einfach davon gelaufen war.

„Als uns Oskar von dem Unfall erzählt hat," sagte ich, „hatte ich zuerst ebenso wie du und dein Vater und anscheinend auch die Franzosen keine Zweifel daran, daß es sich um einen Unfall handele. Dann aber überlegte ich, daß Schröterseile nicht so einfach reißen. Die werden schließlich immer wieder überprüft von den Schrötern, weil sie wissen, daß ihr Leben davon abhängen kann. So wird auch der Kufenholz die Seile geprüft haben, und vielleicht haben danach die Franzosen noch einmal nachgesehen. Das Seil muß also in Ordnung gewesen sein, bevor es benutzt wurde, wenn es nicht einen Fehler hatte, der geschickt verborgen war, oder wenn es nicht nach den Prüfungen gegen ein anderes, defektes Seil, ausgewechselt worden ist. Wie das eine oder das andere hätte bewerkstelligt werden können, weiß ich nicht. Ich weiß nur, daß es dann, wenn der Schaden verborgen oder das Seil in letzter Minute ausgewechselt worden ist, kein Unfall wäre, weil doch dann einer mit Absicht den Fehler verborgen oder die Seile vertauscht hätte. Ich denke also, das war kein Unfall! Ich fürchte, daß die Franzosen vielleicht ebenfalls so denken werden, wenn sie sich noch einmal mit den Umständen dieses Unfalls beschäftigen.

Wenn es aber kein Unfall war, dann war es Mord, und dann erhebt sich die Frage, wer ist der Mörder?

Du erinnerst dich, daß Pater Anselm einmal den Römer Ravilla erwähnt hat, der gesagt hat, wenn man ein Verbrechen aufklären wolle, müsse man zuerst fragen, wer einen Nutzen von dem Verbrechen habe.
Wer aber hat einen Nutzen von diesem Verbrechen?
Das Verbrechen hinderte Räuber daran, einen Raub auszuführen.
Wer anders also hat einen unmittelbaren Nutzen als der, der beraubt werden sollte?"
Ich redete mich in Aufregung und sprach zuletzt ganz hastig auf sie ein und drückte ihre Hand.
„Wer soll beraubt werden?
Das Kloster!
Und wen betrifft das am meisten, den Pater Anselm und Oskar!
Du weißt doch, wie sie sich beide immer wieder überlegt haben, wie man einen Raub der Fässer verhindern könne. Du hast das doch auch schon gehört.
Die Franzosen, bei denen sicher einer ist, der schon von der Frage des Ravilla gehört hat, werden genauso denken wie ich!"
Sie entzog mir ihre Hand.
„Hast du so wenig Vertrauen, Karl?
Du glaubst doch nicht, daß Pater Anselm oder Oskar einen Mord begehen könnten?"
„Wer wird sich darum kümmern, was ich denke, wenn die Franzosen kommen und nachforschen oder gleich einen von ihnen festnehmen?"
„Weich' mir nicht aus!"
„Pater Anselm oder Oskar einen Mord zutrauen – natürlich nicht. Aber wenigstens Oskar könnte ich zutrauen, etwas zu unternehmen, was, ohne daß er es direkt beabsichtigt, zum Tode eines Räubers führen könnte. Oskar mit seinen berühmten Ideen! Vielleicht wollte er nur das Werkzeug der Schröter unbrauchbar machen.
Und als sie dann das Seil benutzten? Hätte er sich da melden und sagen sollen, das Seil sei unbrauchbar und gefährlich? Die hätten ihn doch im Zorn vielleicht umgebracht oder wenigstens die Kellertreppe hinuntergeworfen. Was ich so von dem

Clabaud gehört habe und dem Barbelion, dem Wuschelbart! Eigentlich heißt er ja Löwenbart...
Da trau ich denen alles zu! Der Oskar ist da lieber hinten im Keller geblieben, möglichst entfernt von der Treppe, auf der es zum Unfall kommen mußte."
„Jetzt sprichst du so, als ob Oskar schon überführt wäre, das alles so gemacht zu haben. Sage nur noch, Pater Anselm habe von allem dem vorher gewußt und sei nach Fulda gereist, nicht um den Fürstabt wegen der Kontributionen zu sprechen, sondern um dem Verdacht zu entgehen, er könne mit deinem mörderischen Unfall etwas zu tun haben. Er konnte, als er abreiste, von den räuberischen Absichten doch noch gar nichts wissen!"
„Das spricht für ihn!"
„Das spricht für ihn, sagst du?
Als ob irgendetwas für Pater Anselm sprechen müßte!
Karl, siehst du nicht, wohin du dich versteigst in deinen Gedanken? Komm' zurück auf die Erde!
Du hast die beiden ja schon überführt und kannst sie dir nur noch als Mörder denken. Wie willst du weiter mit ihnen auskommen – mit deinen besten Freunden?"
Sie schwieg.
„Aber du kannst meine Gedanken doch verstehen?", fragte ich nach einer Weile.
Sie hatte sich hingesetzt und saß nun ganz ruhig da und sah vor sich hin.
„Natürlich kann ich dich verstehen, du Armer mit deinen vielen Gedanken. Ich verstehe, daß du keine Ruhe haben wirst, bevor du den Unfall aufgeklärt hast! Da wird unsere Hochzeit wohl noch ein paar Wochen warten müssen."
Sie lehnte sich an mich und neigte ein wenig ihren Kopf, so daß ich mit meinen Fingern in ihren Haaren spielen konnte.
Wir waren allein im Garten und konnten es in der Wärme des Mai genießen, allein zu sein... und viel später, als ein kühler Wind von Oestrich her kam, fragte sie mich, was ich denn in dem Papier hätte, das ich da vor mich auf den Tisch gelegt hätte.
Da fand ich mich zurück in meine Gedanken, aus denen sie mich herausgerufen hatte, und zeigte ihr den fettigen Lappen

und erklärte ihr, wo ich ihn gefunden hatte, und daß ich ihn untersuchen wolle, und daß ich gedacht hätte ...
„Jetzt hör' mal auf zu denken. Jetzt gehen wir in die Küche und waschen diesen Lappen, und dann werden wir ja sehen, ob wir darin mehr erkennen können als einen weißen Lappen, in den zufällig oder versuchsweise ein roter Faden eingenäht ist."

Nach der Wäsche war es immer noch ein weißer Lappen mit einem roten Faden. Das Rot war nicht verschwunden.
Der Verlauf des Fadens beschrieb ungefähr ein gleichschenkliges Dreieck, dessen Basis zweifach gewölbt war. Zwischen diesen Wölbungen lief er lotrecht nach unten, um nach einem kurzen Stück Weges im rechten Winkel nach links abzubiegen, ein etwa genauso kurzes Stück Weges nach links zu laufen und dann wiederum im rechten Winkel nach rechts weiterzuführen. Nach einem nun sehr kleinen Stück hing er frei. Ob das freie Ende des Fadens noch eine Spur auf dem Lappen hinterlassen hatte, war nicht zu erkennen.
Wir standen ziemlich ratlos vor diesem Rätsel. Das einzige, was wir sofort beide dachten, war, daß die Fadenspur eine Bedeutung haben müsse; denn der Faden war in diese Spur mit kurzen Stichen geheftet, und diese Mühe hätte sich keiner gemacht nur so nebenbei.
Welche Bedeutung der Faden aber hatte, und für wen er diese Bedeutung hatte, das konnten wir nicht erkennen. Vielleicht war er aber auch nur ein Teil einer Verzierung, deren Rest sich aufgelöst hatte.
„Was könnte das darstellen?", fragte ich Maria.
„Ich weiß nicht!"
„Sag' doch einfach das erste, was dir in den Sinn kommt, wenn du diese Figur siehst!"
Sie schüttelte den Kopf.
„Ich will auch keinen Unsinn reden!", meinte sie dann.
„Wir sind doch hier allein, und wenn wir überhaupt weiterkommen wollen, müssen wir alle Dinge benennen, die der Faden bedeuten könnte, alles, was uns in den Sinn kommt. Danach können wir das aussuchen, was uns am vernünftigsten erscheint."

„Warum soll ich anfangen?“
„Weil du dich mit Stickwerk besser auskennst als ich.“
Sie drehte den Lappen hin und her.
„Da braucht man viel Einbildungskraft. Mir fällt nur etwas ein, das nicht sein kann.
Mir fällt nur Schippe ein – Pik, weißt du, die schwarze Schippe im Kartenspiel!“
„Aber die ist doch schwarz und nicht rot…“
„Ich habe ja gesagt, daß es Unsinn wäre.“
Oh weh, jetzt hatte ich ihre Gedanken unterbrochen. Ich mußte das wieder gut machen.
„Gar nicht!“, sagte ich.
„Vielleicht hat einer keinen schwarzen Faden gehabt.“
„Das ist unwahrscheinlich. Es gibt sicher mehr schwarze Fäden als rote – viel mehr.“
Ich drehte den Lappen herum und sagte dann:
„Ich denke mehr an Herz, vornehme Kartenspieler sagen das auch französisch: Coeur. Man muß den Lappen nur anders halten.“
„Du kannst das auch gut!“ Sie lachte. „Deine Bedeutung paßt zu der Farbe, meine paßt viel besser zu der Form, zu der Figur. Die schwarze Schippe erinnert mich an den Totengräber. Schippe bedeutet Tod!“
„Tod? Pik meint die Lanzenspitze. Vielleicht hast du recht. Da wollte jemand den Tod ankündigen, einen gewaltsamen Tod. Meine Deutung ist angenehmer. Herz bedeutet die Liebe!
Der Tod und die Liebe!“
„Die Liebe überwindet den Tod!“, rief Maria, Gefallen an unserem Deutespiel findend.
Ich sagte nichts.
„Findest du das falsch?“
„Nein, natürlich überwindet die Liebe den Tod, wenn ich das nicht glaubte, möchte ich vielleicht gar nicht geboren sein.
Aber ich weiß nicht, ob das unter diesen Umständen paßt.
Besser, meine ich, passe, die Liebe bringt den Tod!“

Ich merkte, die Deutung gefiel ihr nicht, aber sie konnte nicht viel dagegen sagen. Wenn wir mit unserer Deutung das Rechte getroffen hatten, dann wäre dieser Lappen ein Beweis dafür, daß der Unfall kein Unfall war, sondern ein raffinierter Mord. Die Liebe hätte den Tod gebracht, und Eifersucht wäre wahrscheinlich der Beweggrund, wenn Clabaud das richtige Opfer wäre, Eifersucht eines unbekannten Nebenbuhlers, oder der Zorn eines Vaters auf den unerwünschten Geliebten seiner Tochter wäre der Beweggrund des Mordes, wenn der Bretone das richtige Opfer gewesen wäre. Hatte er einen Nebenbuhler unter den Schrötern? Ich hatte noch nichts davon gehört, aber vielleicht war dieser Nebenbuhler noch niemandem bekannt geworden.

Clabaud hatte genug Männern Anlaß zur Eifersucht gegeben, vielleicht auch dem Kufenholz.

Wahrscheinlich war unsere Deutung aber viel zu kompliziert.

Herr Leberlein kam, und ich schickte mich an zu gehen. Maria begleitete mich noch bis zur Gartentür.

Als ich mich bereits umgedreht hatte, um zu gehen, rief sie mich noch einmal zurück und sagte, ihr sei noch etwas eingefallen.

„Es wurden doch schon mehrere Keller ausgeraubt von diesen Franzosen."

Ich nickte.

Da fuhr sie fort. „Wenn das wirklich kein Unfall war sondern ein Mord, den einer aus Eifersucht angezettelt hat, dann mußt du dir doch überlegen, warum der Mord nicht schon früher begangen wurde, bei einem früheren Raub?"

„Du meinst, ich solle feststellen, was bei diesem Raub anders war als bei den anderen?

Vielleicht haben immer andere Schröter mitgemacht. Nein, das ist unwahrscheinlich, wenigstens der wichtigste Schröter, der alles leitete, der wird bei allen Raubzügen derselbe gewesen sein. Den mußten sie nicht immer wieder suchen. Der hat sich einmal dazu hergegeben, der hat sich immer wieder dazu zwingen lassen, wenn er überhaupt dazu gezwungen werden mußte.

Aber du hast recht.

Ich müßte das überprüfen."

IV

Seltsame Gespräche

Auf meinem Weg zurück zum Institut habe ich zuerst den Kufenholz getroffen. Er kam gerade aus den Weinbergen, dort wo der Weg nach Johannisberg an dem großen, alten Kirschbaum vorüber führt. Es war ihm anscheinend unangenehm, daß ihn einer an dieser Stelle sah. Mir kam auch gleich der Gedanke, er könnte wohl dem Liebespaar nachspioniert haben. Er blieb stehen und überlegte wohl, ob er zurück in die Weinberge gehen solle.

Als er mich aber erkannt hatte, zögerte er nicht, sondern kam direkt auf mich zu und begann auf mich einzureden. Dabei musterte er mich ziemlich unfreundlich. Ich sei ja wohl der Karl. Er habe schon von mir gehört. Ich wisse alles besser als die andern. Wenn ein Unfall passiert sei, und jeder wisse, daß es ein Unfall gewesen sei, vermute ich gleich einen Mord!

„Ehrliche Leute bringst du so in Verruf!

Das war kein Mord, das war ein Unfall. Die Sache mit dem Faß auf der Kellertreppe, die meine ich. Da ist die Daube oben ausgebrochen und der Haken abgerutscht. Das hätte der Franzose sehen müssen, der das Seil eingehängt hat. Er hätte sehen müssen, daß die Daube schadhaft war.

Das Seil war in Ordnung, das ist auch nicht gerissen, wie sie alle erzählen. Meine Geräte sind immer in Ordnung." Jetzt fixierte er mich eindringlich, als wollte er mir seine Gedanken durch die Augen in den Kopf pressen. Dabei kam er mir so nahe, daß ich unwillkürlich einen Schritt zurücktrat. Grandpatte beobachtete ihn mit Interesse.

„Ich habe an dem Faß nichts gesehen!"

„Weil du nur an das Seil gedacht hast, da sind dir die Spuren am Faß nicht mehr aufgefallen."

„Das Seil ist verschwunden. Warum soll das Seil verschwunden sein? Wenn es ohne Fehler gewesen wäre, dann hätte doch keiner ein Interesse gehabt, es verschwinden zu lassen."

„Doch, derjenige, der mir die Schuld zuschieben wollte. Keiner sollte mehr sehen können, daß das Seil in Ordnung war."

Schließlich könne das Seil auch verloren gegangen oder gestohlen worden sein. Er kenne Leute, die so ein Seil immer gut gebrauchen könnten.
Dann entfernte er sich ein wenig von mir, so daß er mich ganz ins Auge fassen konnte, schaute mich ironisch lächelnd an und sagte: „Denken ist für dich wohl immer noch eine ungewohnte Übung. Du hättest es doch mittlerweile von dem Pater Anselm lernen können, der so schöne, weise Reden führt, auch wenn sie niemand hören will, weil sie meistens nicht weise sondern nur unpraktisch sind.
Ich will dir einmal etwas Praktisches vordenken.
Überlege einmal: Wenn etwas geschieht, dann hat es eine Ursache. Kannst du aber von dem, was geschehen ist, einfach auf eine bestimmte Ursache schließen?

Das könntest du doch nur dann, wenn es für das, was geschehen ist, nur eine mögliche Ursache gäbe. Meistens gibt es aber mehrere mögliche Ursachen, und dann kannst du nicht einfach auf eine bestimmte Ursache schließen. So kannst du daraus, daß das Seil verschwunden ist, nicht einfach darauf schließen, daß es einer hat verschwinden lassen, weil es einen Schaden hatte. Vielleicht hat es auch einer verschwinden lassen, weil es keinen Schaden hatte! Wenn du einmal nachdenkst, fallen dir vielleicht auch noch ein paar andere Ursachen für das Verschwinden des Seiles ein.
Wenn das Nachdenken nichts nützt, könnte dir vielleicht auf eine Weise geholfen werden, die dir nicht so angenehm wäre."
Ohne ein weiteres Wort drehte er sich um und eilte davon.

Interessant, dachte ich, was er da so sagt, aber mit der Drohung hat er alle seine anderen Worte entwertet. Hätte er mir nicht gedroht, dann hätte ich seine Worte genauer überprüft und hätte mir das Faß noch einmal angesehen. So aber sah ich keinen Grund, Oskar noch einmal zu belästigen. Ohne Oskar konnte ich den Keller nicht noch einmal aufsuchen. Wenn er davon erfahren hätte, daß ich den Keller noch einmal ohne ihn besucht hätte, hätte er sicher geglaubt, ich mißtraue ihm, und wäre wohl zu Recht verärgert gewesen.

Meinen Heimweg wählte ich so, daß er am Schoppenschorsch vorüber führte. Henne Kramhold kam gerade aus der Wirtsstube. Henne Kramhold[4], das ist der Winzer, den ich schon einmal in Verdacht hatte, einen Mord begangen zu haben. Seitdem haben wir ein merkwürdiges Verhältnis. Wir reden zwar miteinander, aber jeder wägt die Worte des anderen und prüft sie, als ob sie immer eine besondere Bedeutung haben müßten. Ein Schatten von Mißtrauen ist von damals zurückgeblieben. So wie wir früher miteinander sprechen konnten, bevor ich ihn damals verdächtigt habe, so offen und unbefangen können wir nicht mehr sprechen.
„Was hältst du von dem Unfall in Johannisberg, Karl?", rief er mir entgegen. „Das war doch sicher wieder ein Mord!"
Er sah mich ganz harmlos an. Ich merkte aber, wie er sich amüsierte.
„Nach den Mördern brauchst du diesmal nicht lange zu suchen. Auch ein Blinder kann da leicht sehen, wer einen Grund hatte, einen der Franzosen oder auch alle umzubringen. Ihr könnt glücklich sein, daß die Franzosen damit zufrieden sind, daß es ein Unfall gewesen sein soll."
Er wartete, ob ich dazu etwas sagen wolle.
Als ich schwieg, fügte er hinzu: „Ihr braucht euch aber keine Sorgen zu machen. Die drei, die übriggeblieben sind, sind schon ganz gut über den Schreck hinweggekommen. Der Wuschelbart (er meinte Barbelion) und der Dicke (so nannten sie den Tonnelot, das Fäßchen), die sitzen mit ein paar ihrer Kameraden drin beim Wein und geben an wie die Preußen. Den Bretonen habe ich auch gesehen, der ist mit seiner Liebsten in die Weinberge gegangen. Da will er sich wohl trösten lassen über den Verlust seines Freundes.
Der läßt sich trösten, die anderen trösten sich gegenseitig. Wenn du mich fragst, sehen die alle so aus, als ob sie gar keinen Trost nötig hätten."

Ich antwortete nichts.
Da kam er näher zu mir hin und meinte: „An dem war wirklich nichts verloren, und es wäre auch kein Verlust, wenn die anderen den gleichen Weg gegangen wären."

Er sah mich an und grinste.
Dann nickte er und sagte: „Du sagst besser gar nichts, das ist sicherer. Dann kannst du nichts sagen, was du später könntest bereuen müssen."
Er drückte mir die Hand und ging die Straße hinauf. Nach einigen Schritten begann er ein Liedchen zu pfeifen.

So war das zwischen uns. Nun hatte er seinen Triumph. Er hatte den Unfall zu einem Mord gemacht und mich gleich der Mittäterschaft verdächtigt.
Was hätte ich da sagen sollen?
Er hätte mir doch nichts geglaubt oder wenigstens so getan, als ob er mir nicht glaube.

Ich hatte vorgehabt, zu Hause in Ruhe über alles nachzudenken. Aber Grandpatte forderte etwas zu essen. Bis ich ihm und mir etwas bereitet hatte, und bis wir dann gegessen hatten, war mir die Lust dazu vergangen, überhaupt noch etwas zu tun.
Ich legte mich ins Bett und schlief sogleich ein.
Es war wohl einige Zeit nach Mitternacht, als ich Lärm auf der Straße hörte, auch in meinem Zimmer hörte ich Geräusche. Ich dachte, Maria sei eingetreten. Nur sie und Oskar hatten einen Schlüssel, und ich war mir ziemlich sicher, abgeschlossen zu haben. Oskar würde den Weg von Johannisberg nicht so früh machen wollen – wozu auch?
Ich wollte aufstehen und Maria fragen, warum sie gekommen sei. Sie hatte den weißen Lappen in der Hand und tunkte ihn in Wasser und fuhr damit naß und kalt direkt über mein Gesicht.
Da war ich wach.
Grandpatte war mir mit seiner langen Zunge übers Gesicht gefahren.
Maria war nur ein winziger Traum zwischen Schlaf und Erwachen gewesen. Der Lärm von der Straße allerdings war noch sehr deutlich. Ich konnte jetzt Geschrei von Stimmen erkennen und auch deutsche von französischen Rufen unterscheiden.
Hastig versuchte ich, mich anzuziehen, fand natürlich in der Eile die Hosen nicht, fuhr dann falsch in die Hosenbeine, da ich

mir nicht die Zeit genommen hatte, Licht anzuzünden, warf eine Kanne um, in der glücklicherweise nur Wasser gewesen war, es gelang mir noch, meinen Füßen ein kaltes Bad zu bereiten, und dann stand ich an der Tür.
Es war kühl und dunkel, und zuerst vermochte ich gar nichts zu erkennen. Der Lärm hatte sich die Straße hinaufgezogen. Ich sah dunkle Gestalten im Davonlaufen begriffen. Grandpatte war in entgegengesetzter Richtung losgelaufen und um eine Ecke gebogen. Ich konnte ihn nicht mehr sehen.
Ich lief hinter ihm her.

Gleich hinter der Ecke war er stehen geblieben und schnüffelte an einem dunklen Gegenstand herum, der auf dem Boden lag. Auch in dieser Straße sah ich dunkle Gestalten in einiger Entfernung verschwinden.
Während ich noch stand, unschlüssig, ob ich in die eine oder die andere Richtung laufen solle, fing der dunkle Gegenstand auf der Straße plötzlich ganz schrecklich an zu schimpfen. Grandpatte setzte sich hin und betrachtete ihn interessiert.

Der Gegenstand bewegte sich und versuchte, sich aufzurichten, und als ich ihm half, erkannte ich ihn. Es war ein Winzer aus Winkel.
Hubert Rath war sein Name. Wenn ich ihn sah, mußte ich daran denken, daß er seinen Wein immer möglichst teuer zu verkaufen suchte. Den Leuten sagte er, guter Rath sei eben teuer.
Oft ärgere ich mich darüber, daß mein Gedächtnis einen solchen Unsinn wunderbar zu konservieren vermag und darüber wirklich wichtige Dinge einfach verliert. Vielleicht ist dies wenig witzige Wortspiel mit dem eigenen Namen ja bezeichnend für den Mann, bezeichnend eben dafür, daß er gar keinen Humor hatte, und es deshalb für nötig hielt, das, was ihm Humor schien, wie so eine Art Wappenspruch vor sich her zu tragen.
Mit viel Mühe gelang es mir, ihn so weit aufzurichten, daß er auf der Straße knien konnte. Er schimpfte ständig fort auf seine Wunden und Schmerzen, auf die französischen Strolche, die

ihn so verletzt hätten, die Räuber und hergelaufenen Vagabunden, und dazwischen immer wieder auf seine falschen Freunde, die ihn im Stich gelassen hätten, die feigen Hunde.
Dann ging sein Geschimpfe in eine Art Erklärungen über: Alle seien sie weggelaufen, nur weil er umgefallen sei.
Für tot gehalten hätten sie ihn.
Die Franzosen seien so erschrocken, daß sie zurückgewichen seien. Das hätten die armseligen Freunde ausnutzen müssen. Die seien aber auch weggelaufen.
Ich sagte ein paar Worte, um ihn zu beruhigen. Da schaute er an mir hinauf und fing erneut an zu zetern. Ich hatte den Eindruck, jetzt finge er mit dem Gezeter erst richtig an; denn jetzt betraf es mich.
„Aha, der Herr Neunmalklug! Du bist doch an allem schuld!"
Er rutschte auf den Knien auf mich zu, während ich unwillkürlich zurückwich. Grandpatte saß noch immer da und betrachtete uns, wie man ein Schauspiel betrachtet, an dem man nicht beteiligt ist, das man auch nicht so ganz versteht, aber doch irgendwie interessant findet.
Ich fürchte, er fand unseren Auftritt lustig.
Rings um uns her war alles still. Kein Lichtschimmer drang aus den Häusern. Es war, als ob sie alle von ihren Bewohnern verlassen wären.
„Du hast den Unsinn angezettelt!", fuhr er fort. „So kann man das doch nicht machen! Aber ihr dünkt euch immer schlauer als die armen Winzer. Nur weil du ein Traubeninstitut hast. Ein Institut!"
Er spuckte aus: „Da siehst du, was ich auf dein Institut gebe. Und dann noch die dummen Klostergötter. Auf dem Johannisberg sitzen sie, hoch droben in den Wolken, und bilden sich ein, sie seien besser und schlauer als alle anderen.
Ihr wißt nur nicht, was in der Welt wirklich vorgeht.
Bescheidenheit, Bescheidenheit ist das, was ihr braucht. Aber die kann man nicht lernen, wenn man auf dem Berge thront, die hat man nur unten, am Fuß des Berges..."

Ich war ratlos, wußte ich doch nicht, wie ich das verstehen sollte, und auch nicht, wie ich ihm helfen könnte, da er immer,

wenn ich ihm meinen Arm bot, um ihm weiter aufzuhelfen, meinen Arm abschüttelte.
„Merkst du denn nicht, daß ich mich am Knöchel verletzt habe?“, rief er endlich.
„Ich kann nicht aufstehen. Der rechte Knöchel ist verletzt. Beim Fallen muß ich ihn verdreht haben, und einen Schlag auf den Kopf habe ich bekommen, mit einem Knüppel. Da war ich kurz ohnmächtig, deshalb bin ich doch hingefallen. Deshalb haben die Schwachköpfe auch gemeint, ich sei tot. Wenn du glaubst, ich wollte aufstehen, dann hast du dich geirrt. Das macht mir zuviel Schmerzen.“
Er schaute sich um und sah, daß wir von dem Eingang des Institutes nicht weit entfernt waren.
„Da kann ich hinrutschen. Das mach’ ich auch. Da brauchst du mir nicht zu helfen. Laß deine dummen Finger von mir und nimm auch deinen blöden Hund mit, der kann mir auch nicht helfen.“

So bewegte sich ein seltsamer kleiner Zug auf den Eingang meines Institutes zu: Voran Grandpatte, dann eine unwillige und brummende Gestalt, auf Knien rutschend, und dann ich, eine verwirrte Nachhut bildend.
Auf der Treppe kam es noch einmal zu einem kleinen Aufstand, weil es doch zu mühsam war, ohne Hilfe auf den Knien treppauf zu rutschen.
Ich habe kein Licht angezündet, um nicht noch mehr Aufmerksamkeit zu erregen, als das nächtliche Geschrei ohnehin schon geweckt hatte. Er hätte sicher wieder laut geschimpft, wenn ich Licht gemacht hätte.
Ohne Licht war es nun aber auch ganz falsch. Ob mir daran gelegen sei, daß er sich auf der dunklen Treppe das Genick breche? Das wäre mir wohl willkommen. Ich könne das ja dann auf die Franzosen schieben. Ohnehin hielten ihn alle für tot, da könne es mir nicht mehr schaden, wenn er sich jetzt hier das Genick bräche.

Ich schaffte ihn mit einiger Mühe und, wie mir auffällt, wenn ich jetzt so darüber nachdenke, recht wenig Mithilfe seinerseits ins Haus und auf die Bank, die neben der Tür steht, und holte ein Kissen, um es unter seinen Kopf zu legen, und ein weiteres Kissen, auf das er seinen wehen Fuß betten konnte. Dann betrachtete ich ihn. An der linken Seite des Kopfes nahe der Stirn hatte er eine längliche Beule. Seine Jacke war zerrissen. Die Hosenbeine waren völlig verdreckt. Seinen Knöchel konnte ich nicht begutachten. Er schrie schon, wenn ich mich mit der Hand nur seinem Schuh näherte. So schlimm konnten seine Schmerzen aber nicht sein, wenn er noch in der Lage gewesen war, bis zu meiner Haustüre zu rutschen und die Treppe hinauf zu gelangen.

Mir schien, er habe die Schmerzen übertrieben und sich, mehr um Theater zu machen als aus wirklicher Notwendigkeit, kniend zu meinem Haus bewegt. Zwischen zornigem Ärger über den Fehlschlag seines Unternehmens und hilfesuchendem Selbstmitleid schwebte er an einem unsicheren Ort, an dem er sich sehr unwohl fühlte. Er suchte einen Schuldigen für den Fehlschlag, zuerst seine 'feigen' Freunde, dann mich, und zugleich suchte er nach einer Entschuldigung dafür, daß er nicht tatkräftiger bei der Prügelei, die da offenbar im Gange gewesen war, mitgewirkt hatte. Ich hatte den Verdacht, daß er sich nach dem Schlag auf den Kopf ganz gern hatte fallen lassen und nun seinen verrenkten Knöchel dafür verantwortlich machte, daß er liegen geblieben war.

Ich holte ein feuchtes Tuch und legte es auf die Beule an seinem Kopf.

Sonst war nichts zu tun.

Ich ließ ihn also liegen und beachtete ihn nicht weiter. Er sagte auch nichts, sondern schloß die Augen und tat so, als ob er einschlafen wollte.

Da es schon fast Morgen war, wollte ich mich nicht mehr hinlegen. Ich löschte alle Lichter, die ich für meinen Samariterdienst angezündet hatte, bis auf eines, holte mir ein Buch, von dem Pater Anselm meint, daß man es gelesen haben müsse, und begann zu lesen.

Pater Anselm hat ganz klare Ansichten über das, was man gelesen haben muß. Er meint, man könne die eigene Welt nur verstehen, wenn man auch andere Welten kennen gelernt habe. Das gelte auch für die Zeit, in der man lebe. Wer nur die Zeit kenne, in der er lebe, der kenne auch diese Zeit nicht und könne sie nicht beurteilen. Am besten sei es, sich zuweilen durch ein Buch sowohl in eine andere Welt als auch in eine andere Zeit führen zu lassen.

Ich las die Gedichte Ossians, eines alten keltischen Dichters in einer Wiener Ausgabe von 1768, übersetzt ins Deutsche von einem Herrn Denis. Die hat mir Pater Anselm empfohlen, und ihm hat sie der Geheimrat Goethe aus Weimar empfohlen.

Ich komme jedoch nicht recht weiter mit dieser Lektüre. Von Wein ist da gar nicht die Rede, wenigstens nicht in den Gesängen, die ich bis jetzt gelesen habe, und ich habe wenig Hoffnung, daß da in den folgenden noch etwas kommt, was mit Wein zu tun haben könnte.

Diesmal spürte ich beim Lesen die unwillige Gegenwart des Gastes auf der Bank. Das störte mich, und ich konnte mich noch schlechter auf die Abenteuer Cuchullins und Fingals konzentrieren als sonst.

So war ich erleichtert, als Rath anfing, sich zu regen und zu sprechen.

„Du mußt doch zugeben, daß ihr das nur aus Eigennutz gemacht habt, ohne auf uns andere zu achten. Wenn ihr nicht den Unfall auf der Kellertreppe angerichtet hättet, dann lebte der Clabaud noch, und er wäre mit seinen zwei Kumpanen heute allein in ein Gasthaus gegangen, und die beiden hätten nicht so viele Kameraden mitgebracht, und wir hätten die drei ohne Schwierigkeiten so verprügeln können, daß sie nie mehr auf die Idee gekommen wären, einen Keller auszuplündern. Damit wäre euch doch auch geholfen gewesen. Den vierten, den sie den Bretonen nennen, den hätten wir leicht abgepaßt, wenn er von seinem Liebchen gekommen wäre, und hätten ihm dann auch eine Lehre erteilt. Das wäre ein richtiger Einzelunterricht geworden. Der läuft sowieso immer alleine herum.

So habt ihr's aber besser gewußt, habt den Clabaud umgebracht und die ganze Sippschaft aufgeregt.

Nun haben wir die zwar angegriffen, wie wir's uns vorgenommen hatten, aber nichts erreicht, weil die Hilfe hatten. Der

Kramhold hat uns auch im Stich gelassen. Deshalb ist der Kampf unentschieden ausgegangen. Es wäre uns vielleicht sogar noch schlecht ergangen, wenn ich nicht so umgefallen wäre, daß die denken mußten, ich sei tot.
Jetzt müssen wir fürchten, daß die noch frecher werden, als sie ohnehin schon waren. Die glauben doch, mit uns immer so leicht fertig werden zu können wie heute nacht.
Der reine Eigennutz war das. Wenn ihr nur einen Funken Christentum in euch hättet, von dem ihr so oft redet, hättet ihr das nicht allein gemacht, nur um euren Wein zu retten, sondern ihr hättet die Strolche mit uns gemeinsam verprügelt.

Da wäre ja vielleicht einer von denen für tot liegen geblieben.
So habt ihr jetzt den Clabaud ganz allein umgebracht und müßt auch allein sehen, wie ihr damit fertig werdet.
Richtige Heuchler seid ihr, du und dein Pater Anselm, und der Oskar ist auch nicht besser. Den einen Schröter hättet ihr dabei beinahe auch erwischt. Der hat euch gar nichts getan. Der ist doch gezwungen worden, da mitzumachen."
Ich ließ ihn reden und tat so, als ob ich weiter läse.
„Oder habt ihr gedacht, der Tonnelot und der Wuschelbart wären wieder im Keller, um das Faß die Treppe hinauf zu schieben, während die beiden anderen oben wären?
So war das bisher immer.
Wolltet ihr die beiden umbringen? Bisher haben immer die beiden geschoben, und der Clabaud hat oben gestanden und die Männer an der Winde angetrieben. Das konnte doch nie schnell genug gehen.
Was der Bretone eigentlich dabei gemacht hat, weiß ich nicht, der stand immer nur so rum und hat nichts gesagt. Der war einfach nur dabei.
Warum ihr den habt umbringen wollen, kann ich mir nicht denken. Der wäre es doch gewesen, wenn er nicht ausgerutscht wäre und sich das Handgelenk verrenkt hätte. Oder hat der Oskar vielleicht gedacht, wenn der aus dem Weg wäre, könnte er sich an die Hanna heranmachen?"
Das wollte ich nicht hören. Die Hanna war ein hübsches Mädchen, und der Oskar müßte wohl bald einmal eine Frau

oder wenigstens eine Freundin haben. Seine stille Verehrung Marias ging mir langsam auf die Nerven.
Aber der Oskar und die Hanna? Ich hatte schon so etwas gehört, aber jetzt, als der Rath das sagte, wußte ich, daß das übles Geschwätz sei; denn das war alles übles Geschätz, was er da von sich gab.
„Den Bretonen werden wir aber noch erwischen. Die stillen, die sich immer im Hintergrund halten, sind oft die allerschlimmsten."
Er hörte einfach nicht auf, so vor sich hin zu reden. Ob er mir das alles sagen wollte mit irgendeiner Absicht, die ich noch nicht zu erkennen vermochte, oder ob er das nur so loswerden mußte, weil er erregt war?
„Vielleicht haben ihn die Freunde schon geschnappt, diesen Heimlichen. Es hat ihn einer mit seiner Geliebten in den Weinbergen gesehen. Sie sind nach Johannisberg gegangen. Zwei oder drei sind hinter ihnen her gewesen.
Die haben uns dann hier gefehlt..."
Da war ich es leid.
Jetzt müsse er aufstehen, habe ich da gesagt. Er habe sich lange genug ausgeruht. Ich müsse weg und wolle das Institut abschließen.
Ich hätte mir seinen Knöchel nicht ansehen dürfen. Da könne es ja so böse nicht sein. Am Anfang werde er vielleicht noch etwas spüren, beim Gehen werde es aber besser werden. Er solle nur mal kräftig auftreten.
Er hat zwar protestiert, aber ich schlug das Buch zu, half ihm auf die Beine und öffnete die Tür.
Da ist er dann tatsächlich gegangen, nicht ohne wieder lauter und unangenehmer zu schimpfen und mein Christentum erneut in Zweifel zu ziehen.
Ich schaute ihm nach, wie er die Straße hinunterging. Zuerst hinkte er noch ein bißchen, schien es dann aber nicht der Mühe wert zu halten und ging nach hundert Metern, ohne daß man noch einen Unterschied der Bewegung des rechten Beines gegenüber der des linken bemerken konnte.
Bei diesen Leuten war es also ausgemacht, daß Anselm, Oskar und ich den Unfall inszeniert und folglich einen Mord auf dem

Gewissen hätten. Keiner, außer den Franzosen, glaubte offenbar, daß das ein Unfall gewesen sei, und die hatten vielleicht einen Grund, an einen Unfall zu glauben.
Maria hatte mittlerweile auch gehört, in welchen Verdacht wir geraten waren, und meinte nun, genauso wie ich, der Fall müsse dringend aufgeklärt werden, selbst wenn unsere Hochzeit sich dadurch verschieben werde. Ich erzählte ihr von den Andeutungen, die Hubert Rath gemacht hatte, den Andeutungen, die den Bretonen betrafen. Da sagte sie, sie habe gestern, einige Zeit nachdem ich weggegangen sei, Hanna aus den Weinbergen kommen sehen.
Sie sei allein gewesen und sei ganz ruhig an ihr vorbeigegangen und habe sie freundlich gegrüßt. Gesagt habe sie nichts.

Der Umstand, daß die Leute nicht nur Pater Anselm und Oskar mit einem Mord in Verbindung brachten, sondern mich in diese Verbindung gleich einbezogen, hat mir an diesem Tag meinen Weg nach Johannisberg sehr erleichtert; denn wenn nur ich die Vermutung gehabt hätte, der Unfall sei bewußt herbeigeführt worden, und Oskar und der Pater könnten dafür verantwortlich sein, dann hätte ich auf dem ganzen Weg darüber nachgedacht, wie ich die Rede auf den Unfall bringen solle, ohne gleich erkennen zu lassen, daß ich eine solche Vermutung hätte. Sie hätten mir angesehen, wie unangenehm es mir gewesen wäre, darüber zu sprechen und hätten sich den Grund leicht denken können. So konnte ich offen von dem Verdacht gegen uns drei sprechen, und da der Verdacht gegen mich unbegründet war, schien mir auch der Verdacht gegen die Freunde unbegründet, und ich wanderte unbelastet durch die Weinberge und fand die Welt viel schöner als gestern und blieb auch einfach einmal stehen und schaute zurück und hinunter zum Rhein, um mich an dem vielfältigen Bilde zu erfreuen, das mir der Fluß mit seinen Auen, den Städten und Dörfern bot. Mit dem Anblick einer Landschaft aus der Ferne ist es wie mit der Erinnerung an vergangene Tage, man geht großzügig über Ärgerliches und Bedrückendes hinweg, und je besser man sich fühlt, desto erfreulicher dünkt alles dem Auge.

V

König Artus

Den Pater fand ich im Keller. Er stand am Fuße der Kellertreppe und schaute nach oben, als ich herunterkam. Er rief mir gleich entgegen, ich möge oben bleiben, er komme hinauf zu mir, sie hätten nämlich einen Gast im Kloster, den ich mir sicher gerne einmal ansehen wolle. Er läge im Krankensaal, da er verletzt sei.
Er sei so schwer verletzt, daß er das Kloster in der nächsten halben Stunde noch nicht verlassen könne. Das ließe mir Zeit genug, mit ihm zu reden.
Er schmunzelte.
Ein Gast, für den ich mich interessieren sollte, der zugleich wohl eine Überraschung für mich sein sollte, das konnte doch nur der Bretone sein, der mit seiner Hanna in den Weinbergen am Kloster lustgewandelt war. Sie war allein zurückgekommen. Folglich war er im Koster geblieben.

Er lag auf einer Bank im Krankenzimmer. Sein Bett hatte er bereits verlassen. Sein Fuß war mit einem Tuch umwickelt.
„Er hat sich den Fuß verletzt beim Sprung von einer Weinbergsmauer. Das hat den Vorteil, daß man nicht laufen kann und hinter den schützenden Mauern des Klosters ausharren darf, bis sich ein drohendes, muskelstarkes 'Übel' davon getrollt hat. Gestern abend noch, kurz nachdem wir ihn eingelassen und seinen Fuß versorgt hatten, hat dieses Übel, es waren eigentlich drei kräftige 'Übel', an der Klosterpforte gelärmt und die Auslieferung unseres Gastes gefordert. Es hat eine ganze Weile gedauert, bis sie erkannt haben, daß er bei uns zu bleiben wünschte, und wir ihn auch behalten wollten.

Seltsamerweise hatten sich die Kerle aus drei verschiedenen Orten zusammengefunden. Einer kam aus Lorch, einer aus Hallgarten und einer aus Kiedrich. Ich denke, das ist ein Glück für unseren Gast, denn so schnell werden sie sich wohl nicht mehr vereinen.“

Das hatte mir Pater Anselm auf dem Weg zum Krankenzimmer erzählt.
Jetzt stellte er sich neben die Bank und machte uns miteinander bekannt. Ich erfuhr dabei, daß der Bretone Jean Baptiste Tuvois hieß, ein Name, den ich mir merken wollte. Ich hatte diesen Namen bisher noch nicht gehört und hatte auch noch keine Gelegenheit gehabt, den jungen Mann so genau zu betrachten. Er hatte dunkles Haar mit einem zarten rötlichen Schimmer. Seine Nase war lang und schmal, hatte aber einen leichten Aufwärtsknick kurz über der Oberlippe, der ihrer Kühnheit einigen Abbruch tat.
Erst beim zweiten Hinsehen bemerkte man, daß seine Augen nicht zu eng beieinanderstanden. Er fixierte mit ihnen die Welt so ernst und kühl, daß man unwillkürlich den Eindruck hatte, sie stünden zu eng beieinander.
War das ein hartes Gesicht?
Ich war mir nicht sicher. Der volle, leicht geschwungene Mund widersprach der Härte. Oder war es gar keine Härte, war es nur eine ungewöhnliche Mischung aus Mißtrauen und Trauer?
Am rechten Handgelenk trug er eine feste Binde.

Pater Anselm unterbrach meine Gedanken. Er wickelte das Tuch von dem Fuß des liegenden Mannes und sprach dabei vor sich hin, so laut aber, daß wir es gut verstehen konnten: „Wenn wir alle Mühseligen und Beladenen, alle Kranken, Verwundeten und Verletzten und alle, denen Unrecht geschehen ist, so schnell heilen könnten, wie diesen Fuß da, dann wäre so etwas wie das goldene Zeitalter angebrochen. Also, wenn ihr mich fragt, ist es gar nicht möglich, einen ganz übel verletzten Fuß so schnell zu heilen. Gestern noch konnte er, nur auf einem Beine hüpfend und zuerst auf seine Hanna und dann auf den guten Oskar gestützt, sein Bett erreichen, heute wird er sogleich aufstehen und umhergehen, ohne auch nur das geringste zu verspüren."
Er lachte. Der Bretone sah ihn ein wenig zweifelnd an, verzog seine Lippen, und dann lachte er auch.
Ich betrachtete diese Szene verwundert. Mir schien, die beiden verstünden sich besser, als sich einer, der beinahe ein Räuber

geworden wäre, und der, der beinahe beraubt worden wäre, verstehen sollten. Meistens reagieren Ärzte auch nicht so freundlich wie hier Pater Anselm, wenn man ihnen Krankheiten oder Gebrechen vorspiegelt, die man nicht hat.
Hannas Idee sei das gewesen, erklärte der Bretone. Sie habe von irgendwoher erfahren, einige Leute wollten ihm auflauern, um ihn zu schlagen, vielleicht sogar zu erschlagen. Sie habe ihn daher zum Kloster hinaufgeführt, obwohl er, wie wir sicher verstehen könnten, nicht gerne diesen Weg genommen hätte. An der Pforte habe sie ihm dann bedeutet, jetzt müsse er Schmerzen in seinem Fuß vortäuschen. Die Mönche würden ihn dann schon unterbringen, und hier im Kloster sei er besser und sicherer aufgehoben als an irgend einem anderen Ort im Rheingau.
Zu seinen Kameraden, die, wie uns sicher bekannt sei, in Bingen stationiert seien, habe er nicht zurückgekonnt, und zu denen, die im Wirtshaus gesessen hätten, hätte er sich nicht gesellen wollen, Hanna zuliebe nicht, die es nicht gerne sähe, wenn er mit denen so oft zusammen sei. Sie könne das eben nicht verstehen.

Nachdem ich ihn nun kennengelernt hatte, konnte ich es auch nicht verstehen.
Was hatte den jungen Mann dazu bewogen, sich zu diesen durchaus unerfreulichen Gestalten, Räubern und Plünderern, zu gesellen? Schon im Alter paßte er nicht zu ihnen. Alle drei waren mindestens zehn Jahre älter als er.
Allerdings könnte das auch die Lösung des Geheimnisses sein. Er hatte sich den älteren angeschlossen in der Meinung, es könne nur von Vorteil für ihn sein, wenn er von erfahrenen Soldaten das Kriegshandwerk lerne, und als er dann merkte, mit wessen Geistes Kindern er sich eingelassen hatte, war es für ihn zu spät, sich zurückzuziehen, ohne deren Zorn auf sich zu lenken.
Pater Anselm zumindest schien ihm seine Freunde nicht übel zu nehmen. Über den Unfall hatten er mit dem Bretonen offenbar nicht gesprochen und wollte auch jetzt nicht mit ihm darüber sprechen.

Worüber aber konnten sie gesprochen haben? Es mußte etwas sein, das den Bretonen dem Pater hatte sympathisch werden lassen, denn allein dessen erfreuliches Äußeres war wohl nicht Grund genug für des Paters sichtbare Zuneigung.

Oskar kam und sagte, Hanna Kufenholz sei an der Pforte und wolle den Gast abholen. Es bestehe keine Gefahr mehr, habe sie gesagt.
Monsieur Tuvois bedankte sich und verabschiedete sich und war gegangen, noch ehe ich ihm auch nur eine Frage hatte stellen können, und ich hätte ihn gerne so manches gefragt.
Da lief ich hinter ihm her.
Noch vor der Pforte hatte ich ihn eingeholt, und ich fragte ihn ganz unvermittelt, wer denn ihn und den Hauptmann in den Keller geschickt und den Schröter dazu bestimmt hätte, sich hinter das Faß zu stellen und auf der linken Seite zu schieben.
„'annas Vater!", sagte er nur, „Monsieur Kufen'olz."
Seltsam, dachte ich, sehr seltsam, wie kommt der Kufenholz dazu, die früheren Gepflogenheiten aufzugeben und statt der beiden anderen, Tonnelot und Wuschelbart, den Bretonen und den Clabaud in den Keller zu schicken, und wieso haben die ihm gehorcht?
Die hatten doch keine Übung darin, Fässer zu schieben. Deshalb hatte er sicher den Schröter mitgeschickt. Vielleicht hatten sie auch ausgemacht, daß Oskar mithelfen sollte zu schieben, und der Clabaud sollte nur die Aufsicht führen und der Bretone dabeistehen, wie sonst immer, nur diesmal im Keller. Als sich Oskar dann weigerte, wollten sie nicht wieder alles umstellen. Tonnelot und Wuschelbart waren es vielleicht auch leid, immer schieben zu sollen und wollten zur Abwechslung mal an der Winde stehen.
Ich schaute dem Liebespaar eine Weile nach und dachte, wie leicht man sich den Fuß verrenken könne, wenn man so umschlungen durch die Weinberge ginge.
Pater Anselm saß im leeren Krankenzimmer und wartete auf mich.
Ein angenehmer junger Mann sei das, und das Mädchen gefalle ihm auch, und wie mir ja bekannt sei, unterstütze er gern die

junge Liebe. Er müsse immer an König Artus denken, wenn er diesen jungen Mann sehe oder von ihm höre. Die Erklärung dafür lieferte er gleich nach. Wolfram von Eschenbach[5] habe den König Artus im Parzival meist nur den Bretonen oder auch Bertunen genannt, was auf dasselbe herauskomme. Vielleicht sei ihm der junge Tuvois auch deshalb sympathisch.
War das die richtige Erklärung?
Ob er denn nicht daran denke, daß dieser sympathische junge Mann mit seinen Spießgesellen so manchen Keller im Rheingau ausgeraubt habe und noch gestern morgen an dem Versuch beteiligt gewesen sei, auch dem Keller des Klosters die besten Fässer zu entführen?
„Meinst du?“, fragte er da. „Die waren doch zu viert und ein paar Schröter dazu. Insgesamt waren sie mindestens sieben oder acht Leute, und da trifft ihn doch allenfalls ein Siebtel oder ein Achtel der Schuld, wenn man überhaupt die Schuld gleich verteilen kann. Vielleicht hatte ja einer die Hälfte der Schuld, und die andere Hälfte verteilte sich dann auf sechs oder sieben Personen, dann hätte er nur ein Zwölftel oder gar nur ein Vierzehntel der Schuld, und wenn man dann noch die Soldaten dazurechnen...“
„Du siehst,“, fügte er dann sehr ernst hinzu, „wie schwer es ist, in einer solchen Angelegenheit eine Schuld zuzumessen. Christus hat uns nicht umsonst davor gewarnt, zu richten.
Richtet nicht!
Und wie gern und wie häufig richten wir, und wie erhaben dünken wir uns dabei.
Wissen wir, was in dem jungen Mann vorgeht, und warum er da mitgemacht hat?“

Er schob mir mit dem Fuß einen Stuhl hin, damit ich mich setzen sollte.
„Diesen Unfall aufzuklären ist etwas anderes als den Beteiligten Schuld zuzumessen. Es ist notwendig, den Unfall aufzuklären.
Ich weiß, daß wir schon selbst in Verdacht geraten sind, den Unfall verursacht zu haben. Das brauchst du mir nicht zu sagen.

Es wird nicht leicht sein, den Unfall aufzuklären.
Wahrscheinlich wurde der Unfall bewußt herbeigeführt. Einen Beweis dafür haben wir aber nicht und werden wir nicht haben, solange das Seil nicht gefunden ist.
Wo wir es suchen sollen, weiß ich nicht.
Vielleicht sollten wir Oskar noch einmal fragen. Er könnte bemerkt haben, wohin es verschwunden ist.
Wenn der Unfall bewußt herbeigeführt wurde, dann entweder, um den Raub zu unterbinden, ich weiß, daß das uns beide und vor allem Oskar verdächtig macht, oder um einen bestimmten Menschen zu treffen.

Lassen wir die erste Möglichkeit einmal beiseite, da wir wissen, daß wir beide nichts damit zu tun hatten. Auch Oskar kommt nicht in Frage. Wie hätte er Gelegenheit haben sollen, das Seil der Schröter anzuschneiden oder das Seil auszutauschen? Das wäre nur möglich gewesen, wenn er sich darauf hätte vorbereiten können. Er wußte aber gar nicht, daß die Franzosen kommen wollten.
Nehmen wir also an, der Unfall wurde verursacht, um bestimmte Menschen umzubringen. Da müßten wir zuerst einmal klären, ob die beiden, die oben standen, gemeint waren, die, wie ich gehört habe, sonst immer zum Schieben eingeteilt waren, oder ob die beiden gemeint waren, die es getroffen hat, oder ob vielleicht nur einer gemeint war."

Pater Anselm hatte also bereits über den Unfall nachgedacht und war etwa zu den Schlußfolgerungen gelangt, zu denen ich mich auch vorgetastet hatte. Er wußte noch nicht, was mir der Bretone an der Pforte gesagt hatte.
„Der Bretone hat gesagt, der Kufenholz habe den einen Schröter nach unten geschickt und auf die linke Seite gestellt. Wenn wir einmal annehmen, das treffe zu, was bedeutet das? Es bedeutet, daß Kufenholz den Schröter auf die Seite geschickt hat, wo er nicht so sehr gefährdet war. Das bedeutet, daß der Bretone gemeint war. Den Bretonen wollte er schädigen oder umbringen. Wahrscheinlich paßt es ihm nicht, wie dieser mit seiner Tochter verkehrt."

Pater Anselm nickte nachdenklich. Dann sagte er: „Wenn das so wäre, wie du gesagt hast, dann hätte der Kufenholz sein Ziel nicht erreicht, und der Bretone wäre noch immer gefährdet!"

Später habe ich das alles auch noch einmal Maria erzählen müssen. Die aber glaubte nicht, daß der Vater Kufenholz den Freund seiner Tochter umbringen wollte. Sie meinte auch, der hätte doch gar nicht damit rechnen können, daß der Bretone hinter dem Faß wäre. Der hätte doch immer abseits gestanden. Da wäre es doch viel vernünftiger gewesen, Oskar oder den Clabaud hinter dem Faß zu erwarten. Warum aber hätte er Oskar umbringen sollen?
Der Clabaud sei das geplante Mordopfer gewesen. Der sei ja schließlich auch umgebracht worden. Ich solle die Sache doch nicht noch komplizierter machen, als sie ohnehin schon sei.
Der Clabaud sei vom Faß getroffen worden, und es sei nur vernünftig, zuerst einmal anzunehmen, daß er es gewesen sei, der von dem Faß hätte getroffen werden sollen.
Wir trugen dann alles zusammen, was wir die Leute hatten reden hören, über den Kufenholz und seine Schwester und ihre Beziehung zu den Franzosen. Die Leute hatten gerne, häufig und ausführlich darüber gesprochen.
Warum schließlich sollte der Clabaud nicht der Offizier sein, der sich an Kufenholzens Schwester herangemacht hatte? Das müßte aber zu der Zeit gewesen sein, als Kufenholz und seine Schwester noch in Mainz wohnten. Im Rheingau hatte man davon nichts bemerkt.

Dieser Spur solle ich folgen, meinte Maria.
„Dann muß ich nach Mainz gehen!", sagte ich.
„So geh' nach Mainz, das ist wenigstens nicht so weit entfernt wie Landau[6].
Da kannst du schneller zurück sein."

VI

Goldenes Mainz

Einst, das ist vor einer unvorstellbar langen Zeit, da saßen die Göttin der Weisheit, Athene, die eulenäugige, ich hätte sie lieber 'die mit den rätselhaften Augen' genannt, die Göttermutter Hera, die kuhäugige, schöner wäre 'die mit den runden, strahlenden Augen', und Aphrodite, die Göttin der Liebe, zu deren Augen mir gerade eben nichts einfällt, zusammen, wahrscheinlich bei einem Glase Nektar, und sprachen ganz friedlich miteinander. Da kam Eris, die Göttin der Zwietracht, warf einen goldenen Apfel vor sie hin und sagte: „Dieser Apfel gebührt derjenigen, die die Schönste ist!"

Da fingen die Göttinnen gleich an zu streiten. Jede wollte die Schönste sein. Sie dachten natürlich, nur eine von ihnen könne das sein, und weil sie sich nicht einigen konnten, machten sie sich auf, einen Schiedsrichter zu suchen, und weil sie wollten, daß bei der Beurteilung ihrer Schönheit auch ihre ewige Jugend Berücksichtigung finde, wählten sie einen jungen Mann, den Paris, den Sohn des Königs Priamos von Troja, zu diesem Schiedsrichter.

Pater Anselm mag diese Geschichte nicht, er kritisiert die Göttinnen und sagt, sie hätten wohl gar nicht daran gedacht, daß es auch im Alter Schönheit geben könne oder daran, daß die wahre Schönheit erst im Alter offenbar werde, und daß ein älterer und weiser Mann die Schönheit besser beurteilen könne als ein junger.

Wenn ich mich recht erinnere, versuchten die Göttinnen sogar, den jungen Paris durch verlockende Versprechungen zu betören.

Athene versprach ihm Weisheit. Das war töricht, denn wann hätte sich ein junger Mann jemals für Weisheit interessiert!

Hera wird ihm wohl Macht versprochen haben. Das war schon etwas klüger, denn Macht kann auch für junge Männer eine Versuchung sein, aber doch nicht so sehr wie die Liebe einer schönen Frau und gar der schönsten Frau auf Erden.

Das versprach ihm die schlaue Aphrodite.

Man sieht daraus, daß Weisheit mit Schlauheit nicht so sehr viel zu tun hat.
Paris entschied sich für Aphrodite. Er gab ihr den goldenen Apfel. Aphrodite beschaffte ihm Helena, die schönste Frau der Erde, die nur den einen Nachteil hatte, damals bereits verheiratet zu sein, mit Menelaos, dem König von Sparta.
Daraus entstand dann der trojanische Krieg, der zehn Jahre währte.
Den goldenen Apfel der Eris, der den Streit der Göttinnen erregte, hat man später Zankapfel genannt, und das ist der Grund, warum ich von diesem Vorfall erzähle, der gewöhnlich das Urteil des Paris genannt wird.

Nur wenn man diesen Vorfall kennt, kann man sehen, daß der weise Mann, der die Stadt Mainz einmal als einen Zankapfel der Völker bezeichnet hat, dieser Stadt nicht gerecht wurde.
Mainz liegt sehr günstig an der Stelle, an der sich der Main, von Frankfurt und Würzburg kommend, mit dem Rheinstrom vereinigt. Eine günstigere Lage für den Handel im Reich kann man sich kaum vorstellen. So war Mainz schon immer eine bedeutende Stadt, und als dann der Erzbischof von Mainz der mächtigste der Kurfürsten wurde, der zweite Mann hinter dem Kaiser, und vielleicht noch mächtiger als der Kaiser, da er ihn wählte, krönte und nach Belieben absetzte, wurde Mainz die wichtigste Stadt im heiligen römischen Reich.

Viele Völker wollten sich die günstige Lage der Stadt zunutze machen, und so kam es, daß Mainz oft erobert wurde und daß sich verschiedene Völker im Besitz der Stadt abwechselten, die Gallier und Römer, Chatten, Bataver und Vandalen, die Hunnen, Franken und Normannen und schließlich die Spanier, die Schweden im großen Kriege und die Preußen und Österreicher erst kürzlich und vor ein paar Jahren die Franzosen und jetzt schon wieder die Franzosen. Dabei habe ich ganz vergessen, daß auch die Rheingauer die Stadt einmal erobert haben unter der Führung des Isenburgers.
Aber die Bezeichnung Zankapfel paßt trotzdem nicht auf diese Stadt, denn meistens hatte der Streit ein Ende, wenn die Völker

erst einmal im sicheren Besitz der Stadt waren, mit der Vergabe des goldenen Apfels der Eris aber fing der Streit eigentlich erst an, der trojanische Krieg nämlich; denn die Göttinnen wollten nicht so sehr den Apfel, wie die Völker die Stadt, sie wollten die Bedeutung des Apfels: Jede wollte die Schönste sein. Es liegt ja nicht in der Natur eines Apfels, Zank herbeizuführen. Äpfel gibt es genug, und auch an goldenen Äpfeln war bei den Göttern schließlich kein Mangel. Zwietracht erregt ein Apfel nur, wenn man ihm eine wirkungsvolle Bedeutung gibt.
Die Stadt Mainz aber gibt es nur einmal, und in ihrer Natur liegt es, angenehm, reich und begehrenswert zu sein.
Der Apfel ist also seiner Bedeutung wegen, die Stadt aber um ihrer selbst willen begehrenswert.
Diese Gedanken gingen mir durch den Kopf, als ich am frühen Morgen auf dem Leinpfad nach Oestrich zu ging. Ich hatte beschlossen, nach Mainz zu laufen, und habe Meister Leberleins Angebot, mit seinem Wägelchen zu fahren, ausgeschlagen. Es schien mir sicherer, als einzelner, bescheidener Fußgänger, nur von meinem Hund begleitet, nach Mainz zu gehen, als in einer Kutsche, und wenn es auch nur eine kleine Kutsche war, oder hoch zu Roß auf meinem Wege Aufmerksamkeit zu erregen. Da konnte ich leicht von einer Truppe angehalten werden und Kutsche und Pferd verlieren. Meister Leberlein machte auch keinen Versuch, mich zu überreden.
Auf dem Fluß war wenig Verkehr, einige kleine Fischerboote, aber kein Schiff, das von dem Leinpfad aus hätte gezogen werden müssen.
So hätte ich schnell vorankommen können, wenn ich es nicht zuweilen vorgezogen hätte, mich samt Grandpatte hinter einer Weide zu verbergen, um ein paar kühne Soldaten vorbei zu lassen, die da den Pfad entlang kamen. Wer kann schon sagen, was denen so in den Sinn kommt, wenn sie am einsamen Leinpfad auf einen einsamen Wanderer treffen, zumal das einsame Wandern so kurz nach der Eroberung des Rheingaus durch die Franzosen wieder etwas aus der Mode gekommen war.

Trotz dieser Unterbrechungen hatte ich viel Zeit zum Nachdenken, und so überlegte ich auch, was wohl daraus entstehen

werde, wenn es uns gelänge, den Mörder zu finden. Was sollten wir dann unternehmen?
Unser Ziel war es ja, zu zeigen, daß wir mit dem Unfall nichts zu tun hätten. Ohne eine handfeste andere Erklärung für den Unfall aber konnten wir nicht hoffen, daß uns einer glauben werde.
Diese Erklärung für den Unfall, der kein Unfall war, mußte aber unweigerlich nicht nur zeigen, wie er herbeigeführt worden war, sondern auch, wer ihn herbeigeführt hatte.
Wenn wir nun sagten, 'dieser ist der Mörder' und dafür die rechten Beweise vorlegten, was würde dann mit diesem Mörder geschehen?
Wären wir verantwortlich für das, was mit ihm geschähe?
Wäre es nicht wie ein Urteil, wahrscheinlich ein Todesurteil, zu sagen: 'Dieser ist der Mörder!'?
Ich kann nicht sagen, daß mir diese Gedanken besonders gut gefallen hätten.
Unser Hinweis auf den Mörder wäre in seiner Wirkung so gut wie ein Urteil über ihn, ein Urteil, das wir gefällt hätten, sobald wir uns entschlossen hätten, das Ergebnis unserer Nachforschungen öffentlich zu machen.
Ich dachte an den Kufenholz.
Schließlich versuchte ich gerade, ihm nachzuspüren oder vielmehr von ihm weg, zurück in seine Vergangenheit zu spüren, um einen Beweggrund für einen Mord zu finden.
Ich dachte an Hanna.
Sie gefiel mir gut. Auch ihr Mut gefiel mir, mit dem sie ihre Freundschaft oder mehr als Freundschaft mit diesem Franzosen öffentlich zeigte. Dazu gehörte Mut, denn für die Franzosen hatten die Leute hier nicht viel übrig, nachdem sie nun schon mehrere Jahre lang von ihnen drangsaliert worden waren. Es sah auch ganz danach aus, als ob das noch viele Jahre andauern werde.
Der junge Franzose, der Bretone oder Monsieur Tuvois, wie Pater Anselm sagte, gefiel mir weniger. Aber wahrscheinlich liegt es in der Natur der Männer, daß ihnen, wenn sie ein Liebespaar sympathisch finden, der weibliche Teil des Paares besser gefällt als der männliche.

Es wäre mir nicht angenehm, Hanna betrüben zu müssen, wenn ich ihren Vater als einen Mörder bezeichnen müßte.
Dann kamen mir die Worte in den Sinn, die Pater Anselm gesagt hatte: 'Richtet nicht, damit ihr nicht gerichtet werdet!', und ich dachte, das ist gesagt, weil wir allemal zu wenig wissen, um gerecht richten zu können. Da müßten wir schon Gott sein, der in die Herzen sieht. Das Richten hat so etwas von der Versuchung der Schlange: „Eritis sicut deus, scientes bonum et malum. Ihr werdet sein wie Gott und das Böse vom Guten unterscheiden können." Damit hat die Schlange im Paradies die ersten Menschen verführt.
Zu unserer Beruhigung, damit wir nur ja nicht befürchten sollen, eine böse Tat bliebe unbestraft, hat Gott schon im alten Testament gesagt: „Mein ist die Rache!"
Aber, sagte ich zu mir, ich will doch nur erreichen, daß wir armen Unschuldigen nicht länger verdächtigt werden. Ich will doch niemanden richten, ich will nur Übel von uns abwenden. Das werde ich doch wohl dürfen. Maria meint ja auch, es sei nötig, den Verdacht aufzulösen. Das hat mit Richten nichts zu tun oder...?
Ich war stehen geblieben.
Bald jedoch wehrte ich die peinlichen Gedanken ab und ging weiter.
Ich ging nun schon auf Eltville zu. Hattenheim und Erbach hatte ich hinter mir gelassen.
Die Sonne stand schon ziemlich hoch. Der Himmel war voller dicker, in ihrer Ausdehnung aber begrenzter Wolkenballen, die wie aufgeblähte Fetzen eines zerrissenen Vorhangs aussahen und das Sonnenlicht an vielen Stellen durchscheinen ließen. Das ergab auf der Erde lauter Schattenplätze und Sonnenfelder, die aber, da auch die Wolken in Bewegung waren, nicht feststehen konnten, sondern über das Land hinwanderten. Manchmal fand ich mich in einem Sonnenfeld und beschleunigte meinen Schritt, um die Sonne möglichst lang genießen zu können, hatte damit aber meist wenig Erfolg, da der Leinpfad eine andere Richtung einschlug als die Wolken. Manchmal wanderte eines der Sonnenfelder in ein Tal zwischen den Rheingaubergen und weitete mir den Anblick der Landschaft.

Gegen Mittag erreichte ich Walluf und suchte nach einem Fischer, der mich mitnehmen und am anderen Ufer absetzen könnte. Ich fand schließlich einen, der wollte aber ein Stückchen rheinabwärts fahren und hinter der Au in Heidenfahrt anlegen. Das paßte mir zwar nicht sonderlich, da ich dadurch wieder ein Stück des bereits gewonnen Weges nach Mainz verlor. Weil ich aber keinen anderen Fergen[7] fand und auch im Mai noch nicht schwimmen wollte, bestieg ich seinen Kahn. Der Fischer blieb während der ganzen Überfahrt stumm. Er fragte mich auch nicht, was ich am anderen Ufer wolle. Vielleicht fürchtete er, daß ich ihn dann fragen könnte, wozu er auf die andere Seite des Rheines fahre. Sein Kahn war leer. Also hatte er nichts hinüberzuschaffen.
Unsere Sprachlosigkeit schien die Überfahrt eher zu beschleunigen, und so fand ich mich bald auf einem Weg über das kleine Vorgebirge und durch den Wald; denn am Rhein entlang hätte ich viel Gebüsch und sumpfige Stellen angetroffen, die mich behindert hätten. Dem war der Weg über's Gebirge vorzuziehen.

Ich näherte mich von Westen her der Stadt und hatte bald von einer Anhöhe aus einen freien Blick auf ihre Kirchen und Häuser. Aus der Ferne schon konnte ich die Schäden erkennen, die durch die Bombardierungen bei der Belagerung vor vier Jahren angerichtet worden waren. Der Dom war noch immer nicht wiederhergestellt. Alle seine Türme waren am Abend des 28. Juni 1793 in Brand geraten. Besonders an den Türmen im Osten konnte man die Folgen des Brandes sehen. Sie ragten als ausgebrannte leere Hülsen gegen den Himmel auf. Dort, wo die feine Liebfrauenkirche gestanden hatte, die Kirche, die auch Pater Anselm so gut gefallen hatte, ihr hohes Portal mit den vielen Stufen und den übersichtlich gegliederten Figurengruppen hatte ihn an Chartres erinnert, dort war nur noch eine traurige Ruine zu sehen. Der obere Teil des stumpfen Turmes, der dem Turm der Kirche in Eltville ähnlich gewesen war, war eingebrochen und das Dach verbrannt.
Die Sonne hatte gerade freie Bahn, und im Sonnenlicht sah die Stadt aus wie ein Kornfeld, über das sich ein wählerischer

Hagel hergemacht hat. An manchen Stellen standen die Gebäude noch unversehrt. Viele bedeutende Bauten aber, Kirchen, Paläste und Schlösser, waren zerschlagen oder lagen zerstört. Später sah ich auch die weitläufige Favorite mit ihren Pavillons und Gärten, Teichen und Springbrunnen verwüstet, die dem Auge so angenehm gewesen war und den Geist so freundlich unterhalten hatte.

Ich hatte keine Mühe, die Stadt unauffällig zu betreten; denn zu den Feldern und Weinbergen hin wurden die Kontrollen, wenn überhaupt, dann nur nachlässig gehandhabt. In der Stadt war ich sicher. Da wollte keiner wissen, warum und zu welchem Ende ich durch die Straßen wanderte.
Als ich näher zur Liebfrauenkirche kam, konnte ich erkennen, daß man bereits einigen Schutt weggeräumt hatte. Aber viel war noch nicht geschehen. Große Schutthaufen lagen zwischen den Säulenstümpfen. Ich ging in den Teil der Kirche, dessen Gewölbe noch vorhanden war. In diesem Gewölbe sah ich aber so viele Risse, daß ich fürchten mußte, es werde einstürzen und mich begraben. Das Gewölbe des Domes dagegen war wie durch ein Wunder heilgeblieben.
Die Liebfrauenkirche, in der die aufgeklärten Barbaren ein Montierungs- und Fruchtmagazin eingerichtet hatten, war bereits in der Nacht vom 27. auf den 28. Juni abgebrannt. Ich weiß das so genau, weil Pater Anselm von seinem weinkundigen Freund Goethe, dem Geheimrat aus Weimar, der als Berichterstatter an der preußisch-österreichischen Eroberung von Mainz teilgenommen hatte, schriftlich darüber unterrichtet worden ist. Oft genug hat er mir den Brief vorgelesen.

Mein erster Gedanke, als ich die Zerstörungen sah, war, ich muß es gestehen, 'Ein Strafgericht Gottes hat dort stattgefunden!'
Viele dachten in unserer ach so modernen Zeit, sie könnten auf Gott und seine Hilfe verzichten. Nun hat er ihnen gezeigt, wohin ihr Unglaube sie führt.
Dann aber fiel mir ein, wie bei dem Evangelisten Johannes von der Heilung des Blindgeborenen berichtet wird. Die Jünger

fragen Jesus, ob die Eltern des Blindgeborenen oder der Blinde selbst gesündigt hätten und seine Blindheit die Strafe für diese Sünden sei. Das verweist ihnen Jesus und sagt, weder die Eltern noch der Blinde selbst hätten gesündigt. Durch die Blindheit sollten Gottes Werke offenbar werden. Von einem Strafgericht Gottes ist da nicht die Rede. Daran will ich jetzt immer denken, wenn ich einmal versucht bin, irgendwo eine Strafe Gottes zu erkennen. In einem Unglück oder in Kriegszerstörungen ein Strafgericht Gottes zu sehen, ist eben auch so eine Art des Richterspielens.

Pater Anselm hatte gesagt, hinter dem Dom fände ich ein Haus, das bei Beschießung und Brand kaum gelitten hätte, dort wohne einer seiner Freunde, der als Steinmetz oft an den Kirchen beschäftigt gewesen sei, den er noch kennengelernt habe, bevor er ins Kloster auf dem Johannisberg gekommen sei. Der Name seines Freundes sei Josef Müller. Er wohne dort am Dom zusammen mit seiner Frau. Bei ihm könne ich sicher unterkommen. Das sei besser, als wenn ich mich in eines der teuren Gasthäuser begeben müsse. Der Josef könne mir vielleicht auch bei meinem Anliegen weiterhelfen. Der kenne sich gut aus bei den Handwerkern in Mainz. Der Kufenholz sei dort sicher als Handwerker tätig gewesen, als Schreiner vielleicht oder als Zimmermann oder vielleicht auch, wie sein Name nahelege, als Küfer.
Wenn ich in Mainz aber keine Auskunft bekommen könne, solle ich mich noch nach dem nahegelegenen Oberolm oder Oberulm begeben, dort könne ich dann vielleicht etwas erfahren. Als ich ihn frug, woher er das wisse, lachte er nur und meinte, ich solle nur seinen Rat befolgen, und wenn ich zurückkäme und Erfolg gehabt hätte, dann werde er mir erklären, wie er auf Oberolm gekommen sei, oder Oberulm, fügt er hinzu.

Das Haus hatte ich schnell gefunden.
Es lag hinter dem Dom und sah so aus, wie man das von dem Haus eines Steinmetzen erwartet. Alle Steinmetzarbeiten an diesem Haus waren mit Liebe und Sorgfalt ausgeführt.

Offenbar waren durch die Beschießung der Stadt an diesem Hause keine Schäden entstanden, oder der Besitzer hatte es verstanden, das, was beschädigt war, so wieder auszubessern, daß keine Spuren von dem Schaden mehr zu erkennen waren. Das Haus sah aus wie aus einem anderen Lande hierher versetzt, da ringsum alle Häuser beschädigt waren.
Freundlich wurde ich aufgenommen, nachdem ich Pater Anselms Gruß ausgerichtet hatte, aufgenommen in ein Haus ohne Geheimnisse, ein Haus, so klar gegliedert, ausgefegt und aufgeräumt, daß für Geheimnisse kein Platz blieb. An Pater Anselms Schreibtisch und seine ungeordneten Büchergebirge, Schreibutensilien und geheimnisvollen Pergamente denkend, fragte ich mich, wie er mit so aufgeräumten Leuten Freundschaft pflegen konnte. Vielleicht war es ihm ja erholsam gewesen, einmal in einer wohlgeordneten Umgebung zu weilen, und der Josef Müller hatte, wenn er ihn einmal in seiner Klosterzelle besuchte, den geheimnisschwangeren Reiz der Unordnung genossen, in der man nie vor Überraschungen sicher ist.

Josef Müller war einer jener Männer, in deren Gegenwart man den Eindruck hat, es könne nichts schief gehen, solange sie da seien, sie könnten alle Schwierigkeiten meistern und seien auch bereit dazu. Helle Zuversicht war in seinem Lachen, und der Druck seiner Hand war im Gruß fest und sicher. In seinen Augen aber und den Falten, die sie umgaben, lag die Anstrengung, die es für ihn bedeutete, stets zuversichtlich zu sein und anderen zu helfen.
Seine Frau Martha verfolgte alles, was er tat, mit liebevollem Blick, sie war freundlich und so ausgedehnt, daß ihre körperliche Begrenzung, vor allem wenn sie sich bewegte, etwas unscharf erschien. Sicher bot sie seinem Streben ein angenehmes Fundament.

Pater Anselms Name war der richtige Schlüssel zum Haus und zum Herzen seiner Bewohner.
Sie brachten mich alsbald in ein kleines Zimmer, in dem ich mich von der Wanderung erholen konnte. Grandpatte wurde

mit Speise versorgt. Später wurde auch ich zur Mahlzeit gerufen.
Ich erinnere mich nicht mehr daran, was es zu essen gab. Aber ich weiß noch, daß es unkompliziert und kräftig war. Ich denke an so etwas wie Speck und Eier und Bratkartoffeln. Dazu gab es einen trockenen Rieslingwein.
Sie fragten mich nichts, nicht, warum ich gekommen sei, nicht, woher ich gekommen sei, und auch nicht, wie lange ich zu bleiben gedenke. Sie nahmen mich einfach auf und versorgten mich.
Ich wußte nicht recht, wie ich mein Anliegen, Näheres über einen Mann namens Kufenholz und seinen Schwager zu erfahren, vorbringen solle und blieb daher während des Essens schweigsam.
Dann aber entschloß ich mich einfach, direkt vorzugehen, und fragte, ob ihnen der Name Kufenholz bekannt sei. Herr Müller wischte sich bedächtig den Mund, nahm einen Schluck Wein und erwiderte, er habe vor einigen Jahren einen Kufenholz einmal flüchtig kennengelernt, der solle ein tüchtiger Küfer gewesen sein und gute Fässer, Kufen[8] und Bütten hergestellt haben. Das sei aber auch alles, was man über ihn Freundliches bemerken könne. Er sei ein eifriger Klubist gewesen und habe sich bei vielen Leuten ganz ohne Not unbeliebt gemacht.
Seit einigen Jahren sei er nicht mehr in der Stadt.
Er sei wohl zusammen mit den Franzosen weggezogen. Vielleicht werde er ja nun wiederkommen, da auch die Franzosen wieder ganz nahe seien.
Manchmal habe er schon überlegt, ob Kufenholz sein richtiger Name gewesen sei; denn dieser Name passe für seinen Geschmack viel zu gut zu seinem Beruf. Das sei so ein Name, auf den einer, der Kufen mache, kommen könne, wenn er sich einen falschen Namen ausdenken müsse. Das sei so, als ob er selbst nicht Müller sondern Maurer hieße.
Er sah mich an, schwieg und dachte eine Weile nach, dann schüttelte er den Kopf, wie man den Kopf schüttelt, wenn man einen unangenehmen Gedanken abwehren will, und sagte, mehr wisse er nicht von diesem Kufenholz, allenfalls noch das, was die Leute sich so erzählten.

An Gerüchten sei ich aber wohl nicht interessiert?

Gerüchte könnten mir nicht helfen, davon hätten wir schon genug im Rheingau, Gerüchte über einen Mann, der sich von allen Leuten fernhielte und nur mit seiner Schwester zusammen in einem Haus wohne, das mehr wie ein Stall als ein Haus anzusehen sei.
Ein fleißiger und geschickter Mann und auch ein brauchbarer Mann, brauchbar sogar für die französischen Kellerräuber. Da könne man natürlich nicht so leicht zwischen einer erzwungenen und einer freiwilligen Leistung unterscheiden.
Dann erzählte ich ihm, was im Keller des Klosters vorgefallen war und erwähnte auch den Namen des Hauptmanns Clabaud.
Er schien wieder etwas sagen zu wollen, preßte aber dann die Lippen aufeinander und sagte schließlich, was man nicht genau wisse, solle man für sich behalten; denn es könne in eine falsche Richtung führen und einen Verdacht wecken, der letztlich unbegründet sei.
Ich war zwar neugierig auf das, was er mir noch hätte sagen können, mußte ihm aber recht geben, denn falsche Angaben hätten mich nur verwirren können.

Er sah mir an, wie enttäuscht ich war.
„Nein, nein, das ist kein Grund, enttäuscht zu sein. Es trifft sich gut, daß ich mich heute abend mit meinen Freunden in einem Weinkeller nahe beim Höfchen treffen will. Wir treffen uns da alle vierzehn Tage und freuen uns daran, daß wir noch leben und zusammensein können. Das sind alles bewährte Freunde und Handwerksmeister. Vielleicht weiß einer besser als ich, was mit dem Kufenholz hier geschehen ist."
Ich war zwar ziemlich müde, nahm aber sein Angebot an. Die günstige Gelegenheit wollte ich mir nicht entgehen lassen.
Grandpatte zeigte deutlich, daß er lieber bei der Hausfrau bleiben wolle, zu deren Töpfen er in der kurzen Zeit schon ein großes Vertrauen gefaßt hatte.

Das waren gemütliche Leute, die da beim Kerzenschimmer an einer breiteren Stelle im Keller rings um eine umgedrehte Bütte saßen und bedächtig und mit Genuß den Wein schlürften, den ihnen eine junge Frau kredenzte, die mich an Undine denken ließ, die geheimnisvolle Nixe, die dem Kellerbrunnen entsteigt, um einen Menschenmann zu freien und dadurch eine unsterbliche Seele zu erlangen. Sie schien manchmal ganz in die Schatten der Fässer zu tauchen und stand dann wieder, ohne daß ich eine Bewegung gehört hätte, neben mir und füllte mein Glas. Sie sprach kein Wort, nur Winken folgend oder auch ohne Wink schon herbeieilend, wenn sie aus irgendeiner Ecke hervor bemerkt hatte, daß in einem Glase der Wein zur Neige ging. Lang und dunkel war ihr Haar, ihre Brust, soweit man sie sehen konnte, und ihre Arme waren weiß, ihr Gesicht schien nur aus Augen zu bestehen, die waren so blau und hell, daß sie alles andere vergessen ließen.

Selten ist es, daß in einer solchen Runde immer nur einer spricht. So war es auch hier.

Sie sprachen viel und fröhlich durcheinander, bis mein Begleiter seine Stimme erhob und allen noch einmal erklärte, wer ich sei, und warum er mich mitgebracht habe. Ich sei wegen eines Unfalls beim Schroten eines großen Fasses, bei dem einer zu Tode gekommen sei, und den ich für einen Mord hielte, aus dem Rheingau nach Mainz gekommen und wolle mich nach dem Meister Kufenholz erkundigen, der bei dem Unfall als Schrötermeister zugegen gewesen sei.

Da waren sie plötzlich alle still.

Müller schaute sie der Reihe nach an.

Sie sagten aber nichts. Undine hatte sich ganz zurückgezogen und übersah sogar ein leeres Glas.

Dann räusperte sich einer und meinte, wozu er sie da frage, er wisse doch sicher auch selbst, daß der Kufenholz ein ausgezeichneter Handwerksmeister sei, der sich auch auf das Schroten von Fässern so gut verstünde, daß man einen Unfall bei ihm nicht befürchten müsse.

Ein Unfall sei aber geschehen.

Der Unfall sei dann sicher nicht dadurch verursacht worden, daß der Kufenholz sein Handwerk nicht verstanden hätte.

Der Clabaud sei bei dem Unfall von dem Faß zerquetscht worden.

Keiner sagte etwas.
Der Kufenholz habe für die drei Franzosen gearbeitet, zu denen der Clabaud gehört hätte. Bei denen sei jetzt noch ein vierter, den sie den Bretonen nennten.
Keiner sagte etwas.
Der Kufenholz lebe im Rheingau mit seiner Schwester zusammen.
Keiner sagte etwas.
Der Kufenholz hätte erzählt, seine Frau sei bei der Bombardierung der Stadt umgekommen.
Da hielt es einer nicht mehr aus und sagte, das sei gelogen, denn zu der Zeit, als die Stadt so schlimm beschossen worden sei, sei der Kufenholz schon auf die andere Rheinseite geflohen gewesen. Der habe sich doch früh genug aus dem Staub gemacht und sei nicht so dumm gewesen wie sein Schwager.
Die anderen sahen ihn vorwurfsvoll an. Wie er das denn in Gegenwart des Mädchens sagen könne, flüsterte einer.
„Warum soll ich denn drum herum reden. Das ist jetzt auch vier Jahre her, und man muß doch irgendwann einmal darüber reden können."
Jetzt redeten sie durcheinander. Auf mich achteten sie dabei nicht.
„Du warst doch sein Freund, Peter, und mehr als du getan hast, konntest du nicht tun."
Das sagte einer zu dem Wirt.
„Ja, ich war sein Freund, bis er zu den Klubisten ging, und daß er die Franzosen zum Angriff gegen die Belagerer geführt hat, das war nicht nur falsch, das war nicht nur Verrat, das war auch noch dumm, einfach dumm!"
Er hatte sich in Eifer geredet und sah nun vor sich nieder.
„Muß man das Verrat nennen?"
„Er hat doch an die Revolution geglaubt!"
„Was soll er denn verraten haben?"
„Der Erzbischof hat uns verlassen, im Stich gelassen, den konnte er doch nicht mehr verraten und die Preußen und Österreicher..."
„Hätte der Erzbischof hier warten sollen, bis ihn die..."
„Müssen wir uns darüber jetzt streiten?"

So redeten sie aufgeregt durcheinander, und ich saß dabei und wußte nicht, wer da wen verraten haben sollte.
„Also“, sagte jetzt der, der durch Müllers Taktik zuerst zum Sprechen veranlaßt worden war, „das war der Lutz, von dem wir reden, der Schwager des Kufenholz, der Mann seiner Schwester und die Schwester, die war noch hier, bis die Franzosen ausgezogen sind. Es hätte ihr auch später keiner was getan. Dann ist die gegangen, allein, zu ihrem Bruder. Also der Lutz, der war ganz begeistert von den Franzosen, und während der Belagerung unserer Stadt durch die Koalitionstruppen, die Preußen und Österreicher, als damals der Preuße, der besoffene Offizier, das Losungswort so laut gerufen hat, daß ein französischer Spion es hören konnte, und die Franzosen dann geplant haben, den Generalstab der Preußen und Österreicher in Marienborn auszuheben, da hat sich der Lutz den Franzosen als Führer angeboten.
Er ist nicht zurückgekommen.
Die Franzosen waren halt auch voll des süßen Weines, als sie da zum Angriff vorgingen, und haben so viel Lärm gemacht, daß die Kaiserlichen gewarnt wurden. Die Generäle haben sich in Sicherheit gebracht. Truppen der Belagerer sind zur Gegenwehr angetreten und haben den französischen Angriff zurückgeschlagen. Soweit ich weiß, sind alle Angreifer, die nicht verletzt oder tot waren, in die Stadt zurückgelangt, nur der Lutz nicht, den haben die Preußen erwischt und noch am selben Tage als einen Spion aufgeknüpft.“

„Und jetzt hätten wir uns längst fragen müssen, wenn wir um diese Geschichte nicht immer einen großen Bogen gemacht hätten, wer wohl daran schuld war, daß der Lutz nicht mit den anderen in die Stadt konnte?“, sagte ein anderer.
„Denn dumm war er eben nicht!“, fügte er hinzu. „Nicht so dumm, daß er, der doch jeden Baum und Strauch dort kannte, viel besser als die Preußen und Österreicher, und deshalb ja auch der Führer der Angreifer war, daß er also nicht den Weg in die Stadt gefunden hätte. Er wußte doch, daß die Preußen nicht viel Federlesens mit ihm machen würden. Das wußte er doch!“

„Da muß ihm einer eine Falle gestellt haben!"
„Warum sollten wir denn darüber reden? Wir wissen doch, wie das alles war. Einer hat ihm eine Falle gestellt!"
„Wir wissen auch wer, der Clabaud, der wollte..."
Sie redeten wieder durcheinander. Der letzte wurde durch ein Zischen und ein bedeutsames Winken nach dem Dunkel zwischen den Fässern hin, in dem verborgen ich Undine vermutete, zum Schweigen gebracht.
Nach einigen Minuten sagte Josef Müller: „Wir wissen doch, was geredet wird. Immer werden diese Reden hinter dem Rücken derjenigen geführt, die sie betreffen. Das ist nicht richtig. Wie sollen sie sich verteidigen?"
Da kam das Mädchen hinter den Fässern hervor. Ich hatte schon vorher bemerkt, daß es hinter den Fässern unruhig geworden war. Das Mädchen war wohl dort aufgeregt hin und her gegangen, denn als sie jetzt im Schein der Kerzen erschien, sah ich, wie erregt sie war.
Sie stellte sich an den Tisch und sagte: „Ich weiß wohl, was geredet wird! Aber ich will niemand verteidigen. Ich weiß, daß von meiner Mutter gesprochen wird. Der Clabaud hätte, um sie ungestört lieben zu können, meinem Vater mit dem Gewehrkolben gegen ein Bein geschlagen, so daß er nicht schnell genug hätte laufen können und nicht mehr in die Stadt gekonnt hätte. Ich weiß nicht, ob das stimmt.
Ich weiß aber, daß meine Mutter den Clabaud gern gesehen hat, bevor mein Vater gestorben ist. Nachher, das weiß ich auch, hat sie ihn nie mehr ins Haus gelassen. Ob sie am Tod meines Vaters schuld ist, weil sie sich mit dem Clabaud eingelassen hat?
Ich weiß es nicht. Ich weiß nur, daß dieser Clabaud ein schlechter Mensch war und daß ihm recht geschehen ist, wenn ihn das Faß zerquetscht hat. Wenn einer daran schuld ist, daß ihn das Faß zerquetscht hat, so bin ich diesem Menschen zu Dank verpflichtet."

Sie sah mich an und fuhr dann fort: „Mit meiner Mutter konnte ich nicht mehr zusammenleben. Das wißt ihr alle, und deshalb bin ich hier geblieben bei dem Peter Eser, den ich schon als

kleines Kind Onkel Peter nennen durfte, und ich bin gerne hiergeblieben und habe es auch noch keinmal bereut."
Sie drehte sich um und wollte die Kellertreppe emporgehen, kam aber noch einmal zurück und sagte: „Ihr braucht euch keine Gedanken zu machen darüber, daß ihr vor mir von diesen Dingen gesprochen habt. Wenn ich jetzt auch zornig bin, dann bin ich zornig wegen der Verräterei des Clabaud. Zugleich bin ich froh darüber, daß ihr das alles einmal ausgesprochen habt, und daß ich euch alles das sagen durfte, was ich euch gesagt habe. Nur für heute abend entschuldigt mich. Ich möchte jetzt allein sein. In vierzehn Tagen will ich euch gern wieder den Wein ausschenken."
Sie ging langsam die Kellertreppe hinauf.
Die ganze Gemütlichkeit war dahin. Ich fühlte mich plötzlich sehr müde und merkte, daß es im Keller doch recht kühl war. Die Kerzen schienen nicht mehr so leicht und hell zu brennen, und die Schatten der Fässer winkten bedrohlich, wenn nur ein leiser Luftzug die Flammen der Kerzen berührte.

„Und was war nun mit der Frau des Kufenholz?", fragte ich meinen Begleiter auf dem Heimweg.
„Das hättest du die anderen fragen sollen. Ich weiß nur, daß sie ihm verloren gegangen ist, auf eine Weise, über die man nicht so gerne spricht!"
„Und warum hat Pater Anselm gemeint, ich solle nach Oberolm oder Oberulm gehen, wenn ich in Mainz nicht genug erfahren könne?"
„So, hat er das gesagt, das ist merkwürdig, dann weiß er wohl über diese Dinge viel mehr als er dir anvertraut hat. Die beiden, der Lutz und sein Schwager Kufenholz, sind vor mehreren Jahren aus Oberolm nach Mainz gezogen!"

Martha, Frau Müller, erwartete uns und fragte, ob wir noch etwas essen wollten. Grandpatte blinzelte satt und schläfrig nach mir hin. Er hatte ein kleines Paradies gefunden.
Wir wollten nichts mehr essen, aber wir standen noch da, wie das so ist, wenn man spät heimkommt und zu Hause noch jemanden wach findet, dem man berichten soll. Man setzt sich

nicht mehr, bleibt aber stehen und redet im Stehen so lange, wie man auch im Sitzen geredet hätte, immer schon halb den Fuß hebend, um ins Bett zu gehen.
Ob Else dagewesen sei, die Tochter des Lutz, und ob wir etwas erfahren hätten über den Kufenholz und seinen Schwager und seine Schwester. Ja, meinte ich, aber über seine Frau, die Frau des Kufenholz, sei nicht gesprochen worden, da hätte ich nur gehört, er habe uns im Rheingau falsch berichtet, wenn er gesagt habe, seine Frau sei unter den Trümmern des Hauses gestorben.
Da lachte sie und, ohne auf die Winke ihres Mannes zu achten, sagte sie: „Gestorben ist die nicht. Die ist nur viel zu lebendig. Die lebt gleich mehrere Leben auf einmal, jedes mit einem anderen Mann! Es waren auch ein paar Franzosen dabei. Von dem Clabaud haben sie auch gesprochen, aber da ist sie wohl ihrer Schwägerin ins Gehege geraten!"
„Das weißt du doch alles nur aus dem Geschwätz auf dem Markt." Ihr Mann war ungehalten.
Er liebte es nicht, solche Dinge zu erörtern, und suchte nun, dem Gespräch eine andere Wendung zu geben. Die Else sei ein sehr anständiges Mädchen. Eser hielte sie auch wie eine Tochter, obwohl sie doch als Magd zu ihm gekommen sei, um sich auf gute Weise ihrer Mutter entziehen zu können.
Das sei doch schrecklich gewesen, daß sie ihren Vater auf diese Weise habe verlieren müssen. Da wäre er doch besser durch eine Bombe umgekommen oder durch eine Kanonenkugel. Ob ich die Schäden gesehen hätte, die die Bomben und Kugeln angerichtet hätten? Er hoffe, daß der armen Stadt so etwas nie mehr widerfahren werde.
Jetzt hatte er sich zu einem anderen Thema hingearbeitet. Nachts, sagte er, in der Dunkelheit, habe man die Bomben auf ihrem Fluge verfolgen können, wie sie von den Kanonen aufgestiegen seien und in hohen Bögen ihren Weg in die Stadt gefunden hätten. Im Fliegen habe man die Funken der Zündschnüre gesehen. So seien ihre Flüge wie eine feurige Schrift am Himmel gewesen, die der Stadt ihren Untergang angekündigt habe. Da habe man keinen Propheten Daniel gebraucht, um die Schrift zu deuten.

Als ich dann endlich im Bett lag, konnte ich trotz meiner Müdigkeit nicht einschlafen. So versuchte ich, mich an alles zu erinnern, was ich gehört hatte, und überlegte, welche Gründe der Kufenholz nun gehabt hatte, um den Clabaud umzubringen.
Drei Gründe vermochte ich zu unterscheiden:
Er könnte ihn getötet haben, um den Tod seines Schwagers zu rächen, vielleicht aufgehetzt durch seine Schwester, die ihr schlechtes Gewissen durch diesen Mord beruhigen wollte, der die Ursache des schlechten Gewissens aus der Welt geschafft hätte,
er könnte ihn aus Eifersucht getötet haben,
er könnte ihn versehentlich getötet haben und eigentlich den Bretonen gemeint haben, da ihm der Umgang seiner Tochter mit einem Franzosen zuwider war, nachdem er bereits ihre Mutter an die Franzosen verloren hatte.

Ich bin noch einmal aufgestanden und habe die drei Gründe aufgeschrieben.
Beim Schreiben kam es mir dann merkwürdig vor, daß jemand sein schlechtes Gewissen durch einen Mord habe beruhigen wollen.
Ich war mir auch des Umstandes bewußt, daß mir wahrscheinlich niemand genau sagen könnte, ob der Clabaud tatsächlich verhindert hatte, daß Lutz noch in die Stadt gelangte; denn das mußte im Durcheinander des Rückzuges geschehen sein.
Aber war es notwendig, das zu wissen?
Genügte es nicht zu wissen, daß die Leute glaubten, daß es so gewesen sei?
Wann jemals hätten Tatsachen die Leute zum Handeln veranlaßt? Entscheidend war immer, wovon sie glaubten, daß es sei oder geschehen sei, niemals das, was wirklich geschehen ist. Manchmal kommt es natürlich auch vor, daß tatsächlich geschehen ist, wovon die Leute glauben, daß es geschehen sei.
Ganz gleich also, was der Clabaud getan oder nicht getan hatte, wenn die Leute, wenn Kufenholz glaubte, daß dieser Franzose seinen Schwager durch sein Verhalten absichtlich in den Tod gestoßen hatte, dann war das ein Beweggrund, und das

Gewissen seiner Schwester kam, wenn das auch merkwürdig war, erschwerend hinzu.
Die Eifersucht war auch ein Beweggrund für einen Mord. Bei einer Frau, die mehrere Leben zugleich mit mehreren Männern lebte, war allerdings nicht recht einzusehen, warum es einen dieser Männer allein erwischt haben sollte, und wenn es so viele waren, vielleicht auch ein paar Österreicher oder sogar Preußen darunter, dann konnte man sich schlecht vorstellen, daß Kufenholz mit dem einen begonnen hatte, um dann nacheinander alle anderen auch umzubringen. Das wäre sehr anstrengend geworden.
Nein, die Eifersucht war in diesem Falle kein so guter Grund. Sie konnte lediglich eine Tat erleichtern, die aus einem anderen Grunde begangen wurde.
Die Liebschaft der Tochter, der Mord an Clabaud aus Versehen?
Würde ein Mann, der mir so erfahren und sorgfältig in seinem Beruf geschildert worden war, den ich auch selbst als einen ernsthaften Mann kennengelernt hatte, versehentlich den falschen ermorden?
Ich wußte nicht recht.
Vielleicht war alles anders, wenn er in eine schlimme Erregung geriet?
Ich bemühte mich, mich in die Lage eines Mannes zu versetzen, der eine Tochter hat, die eine Liebschaft hat...
Ich kannte da nur Herrn Leberlein...
Darüber bin ich dann endlich eingeschlafen.

VII

Auf dem Glockenspeicher

Anderntags habe ich mich früh verabschiedet. Ich wollte zum Rhein gehen, um dort einen Freund des Herrn Müller zu suchen, der mich mit seinem Nachen übersetzen sollte.
Ich wählte einen kleinen Umweg, der mich zum Höfchen und in die Nähe des Kellers führte, in dem wir am Abend gewesen waren, in der Hoffnung, Undine noch einmal zu sehen. Sie hatte mir besser gefallen, als ich mir eingestehen wollte.
Ich sagte mir, ich wolle mir nur einen unschuldigen Scherz erlauben und lediglich einmal nachsehen, ob der Saum ihres Rockes vielleicht feucht wäre und ihre dunklen Haare einen grünlichen Schimmer hätten, wie ich das bei einer Rheinnixe erwartet hätte.
Sie war nirgends zu sehen.

Ich sah sie dann doch noch. Als ich auf einem weiteren kleinen Umweg durch die Stadt ging, um mir noch einmal die zerstörte Dominikanerkirche anzusehen, stand sie vor der Ruine zusammen mit einem großen Mann und schien ihm etwas zu erklären. Sie wandten mir beide den Rücken zu. Trotzdem kam mir der Mann bekannt vor, und ich überlegte, wen ich in Mainz wohl kennen könnte. Ich dachte nicht daran, daß dieser Mann, genauso wie ich, nur für einen kurzen Besuch nach Mainz gekommen sein könnte. Vielleicht sogar aus einem ähnlichen Grunde.
Ich ging nicht zu ihr hin. Dazu kannte ich das Mädchen zu wenig.
Später ärgerte ich mich darüber.

Der Nachen kam unterhalb von Biebrich ans Land, so hatte ich ein ganzes Stück Weges gespart und war zugleich allen möglichen Gefahren aus dem Weg gegangen, die auf mich hätten lauern können, wenn ich über die Schiffsbrücke nach Kastel gegangen wäre. Brücken werden meistens streng kontrolliert, und es war mir ziemlich gleich, wer gerade die Kontrolle ausüben konnte, Franzosen oder Preußen und Östereicher oder sogar die Soldaten aus Darmstadt. Ich erwartete von allen nicht viel Gutes und wollte möglichst bald wieder im Rheingau sein, wo ich mich auskannte und bekannt war.

Schon am frühen Nachmittag war ich bei meinen Eltern in Martinsthal. Ich blieb über Nacht und gedachte dieses Mal wieder etwas zu tun, was ich immer gern machte, wenn ich Gelegenheit dazu hatte. Ich wollte die Glocke zur Frühmesse läuten, erinnerte ich mich doch mit einem wohligen Schauder daran, wie es war, als ich zum ersten Male zur Frühmesse läuten mußte.

Vor vielen Jahren war das gewesen.

Ich war als Meßdiener eingeteilt und kam etwas zu früh zur Kirche. Da eröffnete mir der Pfarrer, ich müsse läuten, da der Küster erkrankt sei und er selbst mit der Vorbereitung der Messe beschäftigt.

Ich ging also ganz mutig in der Dunkelheit des frühen Tages, es muß im Februar gewesen sein, zu dem Türmchen, das seitlich angelehnt an die Rückfront der Kirche eine sich aufwärts windende Steintreppe birgt, über die man sowohl zur Männerbühne als auch, wenn man weitergeht, hinauf auf den Glockenspeicher gelangen kann.

Der war sehr finster.

Man mußte aus einer Nische ein Wachslicht holen, anzünden und dann über schmale Bohlen, die auf den Balken über dem Gewölbe verlegt waren, nach dem Glockenseil hinbalancieren. Im Licht der Kerze bewegten sich beim Gehen die Schatten, nicht nur vor mir, sondern, und das war beunruhigend, auch seitlich von mir, und ich stellte mir vor, wie es wäre, wenn die Kerze plötzlich erloschen wäre, und wenn es mir dann nicht gelänge, sie wieder anzuzünden. Dann müßte ich im Dunkeln stehen bleiben, da ich es nicht wagen konnte, vorwärts oder rückwärts zu gehen, ohne die Bohlen sehen zu können. Wenn ich weiterginge, müßte ich fehltreten und auf das Gewölbe fallen und in einen Winkel zwischen Dach und Gewölbe rutschen. Noch schlimmer wäre es, wenn das Gewölbe vielleicht bräche, und ich hinab in den Kirchenraum fiele. So wäre

es besser, ich bliebe stehen und wartete auf Hilfe oder auf das Licht des Tages.
Auf diesem riesigen, mir in manchen Teilen noch unbekannten Dachboden konnten ja auch Geister und Gespenster ihr Unwesen treiben, die aus der hellen Kirche unten ausgeschlossen waren. Sie könnten die Glocke aus ihrem Halter heben und auf mich fallen lassen...
Ich bin damals glücklich bis zum Glockenseil der kleinen Glocke gekommen, die ich für die Messe läuten sollte. Sie ist die, die am weitesten vom Eingang entfernt hängt. Man muß an den Seilen der ersten und der zweiten, ganz dicken Glocke vorbeigehen.
Ich habe die Glocke geläutet und bin als Held zurückgegangen. Davon habe ich aber niemandem etwas gesagt, ich meine von meinem Heldentum, denn ich wußte, daß das Glockenläuten wohl niemandem sehr heldenhaft vorgekommen wäre. Ich habe es vielmehr nur so nebenbei erwähnt und erkennen lassen, wie einfach das doch gewesen sei.
Zurückgeblieben ist in mir der Wunsch, dieses gruselhafte Erlebnis zu wiederholen, obwohl sich das Gruseln nun nicht mehr einstellen will.
So ging ich auch am nächsten Morgen ganz früh zur Kirche und bot dem Küster an, die Glocke zu läuten. Der kennt schon lange meine Liebe zum Glockenspeicher und läßt mich gerne gehen.
Diesmal stand bereits das fahle Licht des kommenden Tages in den Schallschlitzen, die Kerze aber brauchte ich doch.
Ich habe geläutet, auch diesmal wieder ohne die frühere Furcht, die Glocke könnte sich aus der Verankerung lösen, wenn ich das Seil kräftig zum Läuten anzöge, und herabstürzen und mich unter sich begraben.
Ich ging dann langsam zurück, aber als ich am Seil der dicken Glocke vorbeiging, bemerkte ich, daß diesmal zwei Seile da hingen. Da sollten also zwei zugleich läuten, wohl weil die Glocke ihres Gewichtes wegen schwer in Gang zu bringen war und schwer zu stoppen, wenn sie einmal in Gang war. Es war Ehrensache, die Glocke plötzlich mit einem vollen Ton zu stoppen, so daß kein Bim oder Bam mehr nachkam. Ob das mit

zwei Männern leichter ging? Mir kam der Gedanke, daß dies ein törichtes Unterfangen sei, da die beiden, wenn sie kräftig zögen und sich dabei nach vorne beugten, leicht heftig mit den Köpfen zusammenstoßen könnten.

Als ich nun näher trat und genauer hinsah, bemerkte ich, daß an dem einen Seil Markierungen zu sehen waren. Das waren schmale Bänder, die in gleichen Abständen, etwa vier Ellen auseinander, um das Seil gewickelt waren.
Was sollten solche Längenmarkierungen an einem Glockenseil bewirken? Die waren vielleicht zweckmäßig an einem Seil, das über eine Winde lief, damit man sehen könne, ein wie großes Stück des Seils man bereits aufgewickelt hätte oder wieviel man noch nachgeben könne.
Ich zog vorsichtig an dem Seil. Es war oben nur schwach befestigt und fiel nach einem kurzen Ruck herab. Die Glocke hatte sich überhaupt nicht bewegt.
Ich rollte das Seil auf, das recht lang war, viel länger als ein gewöhnliches Glockenseil, und ging nach Hause. Mochte der Küster denken, was er wollte. Ich hätte mich jetzt nicht mehr auf die Messe konzentrieren können.

Bis ich nach Hause gelangte, war es bereits hell geworden. Ich legte das Seil im Garten aus und begann es zu untersuchen. Wie ich gleich vermutet hatte, fand ich die Stelle, an der das Seil gerissen und notdürftig geflickt war, unter einer der Markierungen verborgen. An der geflickten Stelle konnte ich deutlich einen Schnitt erkennen, einen Schnitt, der so angebracht war, daß das Seil nicht gleich bei der ersten größeren Beanspruchung reißen mußte, der aber doch so tief ging, daß das Seil nach einer kurzen Weile reißen mußte, wenn es einem starken Zug ausgesetzt wurde. Es war wohl möglich, ein schweres Faß mit diesem Seil ein Stück noch über eine Kellertreppe hinaufzuziehen, dann aber würde es reißen, so wie es gerissen war.
Ich maß die Abstände der Markierungen, sie waren alle gleich. Daraus schloß ich, es sei wahrscheinlich, daß die Markierungen angebracht waren, bevor der Schnitt so ausgeführt wurde, daß er von einer Markierung verdeckt wurde. Wenn einer zuerst

den Schnitt angebracht hätte und dann erst die Markierungen, um den Schnitt nachträglich zu verbergen, dann hätte er sich wahrscheinlich nicht die Mühe gemacht, die Markierungen so genau anzubringen.
Mein Vater, der hinzugekommen war, und dem ich die ganze Angelegenheit erklärt hatte, widersprach dieser Schlußfolgerung. Er meinte, das könne so sein, müsse aber nicht so sein, und ich übersähe bei dieser Schlußfolgerung das Wesentliche. Es komme darauf an, wieviel Zeit der Mörder gehabt habe. Wenn er den Schnitt schnell habe durchführen müssen, dann habe er eine vorhandene Markierung nutzen können, wäre aber sicher nicht in der Lage gewesen, in Eile die Markierungen an einem nichtmarkierten Seil so genau anzubringen, wie sie an diesem Seil angebracht wären.
Wenn der Mörder also schnell habe arbeiten müssen, dann träfe meine Schlußfolgerung zu. Wer sage mir aber, daß er schnell habe arbeiten müssen?
Er meine, der Unfall sei mit vieler Mühe vorbereitet worden. Der Mörder habe sich sehr wohl überlegen müssen, wie tief er etwa schneiden müsse; denn wenn der Schnitt zu tief gewesen und das Seil gleich beim ersten Anrucken gerissen wäre, dann wäre wahrscheinlich nicht viel geschehen, da das Faß dann noch am Fuße der Treppe gestanden hätte. Wenn aber der Schnitt nicht tief genug gewesen wäre, dann wäre erst recht niemand zu Schaden gekommen.
Der Mörder müsse also Zeit gehabt haben, seinen Schnitt richtig anzubringen, und er müsse mit Seilen und mit der Arbeit der Schröter vertraut gewesen sein. Wahrscheinlich könne nur ein Schröter selbst einen solchen Schnitt richtig ausführen.
Das ließe doch nur den Schluß zu, daß der Kufenholz der Mörder sei, meinte ich da. Schließlich habe der auch den besten Grund gehabt.

„Du mußt vorsichtiger sein mit deinen Schlüssen! Da waren doch noch mehr Schröter beteiligt und dein Freund Oskar – ja, ich weiß, der hatte nicht die nötige Zeit – der ist aber auch mit den Arbeiten im Weinkeller vertraut und hätte gewußt, wie tief

man ungefähr in das Seil schneiden mußte. Trotzdem ging der, der da geschnitten hat, natürlich immer das Risiko ein, daß das Seil zu früh oder überhaupt nicht reißen würde.
Wo wurde denn das Seil aufbewahrt, und wer hatte Zutritt zu dem Ort, an dem das Seil aufbewahrt wurde?
Wahrscheinlich lag es doch in irgendeinem Schuppen, der nicht einmal verschlossen war, weil da keine wertvollen Dinge aufgehoben wurden, und keiner annahm, daß das Schröterwerkzeug in Gefahr sei, gestohlen zu werden!“

So hätte wahrscheinlich auch jeder die Möglichkeit gehabt, das Seil anzuschneiden, und besonders bei Winzern müsse ich das Wissen und die Erfahrung voraussetzen, die nötig seien, um den Schnitt richtig ausführen zu können.
Das gelte nicht nur für den Oskar, sondern auch für die Winzer, die schon vorher von diesen Franzosen geschädigt worden seien. Ob ich mir schon überlegt hätte, daß die sich vielleicht zusammengetan hätten, um den Franzosen weitere Raubzüge unmöglich zu machen?
Ich schaute ihn wohl ein wenig erstaunt an. Da schmunzelte er und sagte mit ein ganz klein wenig Selbstgefälligkeit im Blick, ob ich nicht gewußt hätte, daß er auch nachdenken und schlußfolgern könne. Ich hätte das doch zuerst von ihm gelernt.

Grandpatte kam aus dem Haus gelaufen und enthob mich einer Antwort, denn er lief auf das Seil zu, schnupperte eingehend daran herum und wedelte dann, wie er wedelt, wenn er einen guten Freund trifft. Er bestätigte damit meinen Verdacht, daß Oskar dieses Seil nach Martinsthal gebracht und auf dem Glockenspeicher aufgehängt hatte.
Warum er das getan hatte, konnte ich mir nicht denken.
Es war wohl wieder eine seiner besonders klugen Ideen.
Zur Sicherheit fragte ich meinen Vater, ob Oskar da gewesen sei. Nur ganz kurz, erwiderte er, an dem Tage, bevor ich gekommen sei.

Statt mich der Klärung meiner Fragen näher zu bringen, hatte mich das Seil nur noch mehr verwirrt.

Nur eines war jetzt sicher. Bei dem Unfall war es nicht mit rechten Dingen zugegangen. Die Möglichkeiten, daß dies vielleicht nicht das richtige Seil sei und daß der Schnitt auch nach dem Unfall hätte angebracht werden können, indem einer die ausgefransten Rißstellen teilweise glattgeschnitten hätte, diese Möglichkeiten zog ich gar nicht erst in Betracht.

Was sollte ich nun mit dem Seil machen, wie sollte ich mich seiner entledigen? Zerschneiden wäre mühsam, aber wirkungsvoll gewesen. Aber wäre es nicht besser, das Seil aufzuheben? Es könnte doch sein, daß es noch einmal gebraucht würde, um zu beweisen, daß der Unfall kein Unfall war.
Mitnehmen wollte ich es aber nicht. In meinem Institut oder in Johannisberg konnte es zu leicht gefunden werden.
So beschloß ich, es einstweilen zu verstecken.

Das beste Versteck ist immer die Verwandlung des Gegenstandes, den man verstecken will. Ich wußte wohl, warum Oskar das Seil auf dem Glockenspeicher versteckt hatte. Er hatte es aus einem Schröterseil in ein Glockenseil verwandelt, war dabei aber ein wenig nachlässig vorgegangen. Wahrscheinlich weil er wollte, daß ich es fände. Dann hätte er es mir doch auch gleich in Johannisberg geben können.
Ich verwandelte das Seil in ein Wagenseil und legte es zu diesem Zweck in die Scheuer zu anderen Seilen, die benutzt wurden, um auf Erntewagen etwas festzubinden.
Das ist ja die merkwürdige Eigenschaft mancher Dinge, deren Verwendungszweck nicht so genau festgelegt ist, sie lassen sich leicht verwandeln. Aus einem Wagenseil wird ein Schiffstau, wenn es an einem Schiff befestigt wird, und ein Glockenseil, wenn es an einer Glocke hängt. Aus einem Brett wird eine Faßdaube, wenn es sich in den Faßkörper fügt, und eine Planke, wenn es sich im Bootskörper befindet, und ein Bügelbrett, wenn es bei der Wäsche liegt.
Auch uns Menschen ziert diese merkwürdige Eigenschaft. Wenn sich einer bei ehrenwerten Bürgern befindet, wird er als ehrenwerter Bürger geachtet, wenn er sich bei Strolchen befindet, wird er leicht auch als ein Strolch angesehen.

Auf dem Heimweg benutzte ich von Eltville ab wieder den Leinpfad. Ich hielt mich immer nahe bei dem Gebüsch auf der Seite nach den Dörfern hin, besonders in der Nähe des Krans. Man konnte nie wissen, ob nicht die Franzosen dort etwas aus- oder einlüden. Rheingauer konnten es nicht wagen, bei Tag dort etwas zu verladen. Ich sah auch, als ich näher kam, wie dieser unförmige, kopflose Riese seinen einen langen Arm bewegte, als wolle er mich warnen oder davonjagen. Viele Leute waren am Kran beschäftigt. Da hatten die Franzosen wohl wieder requiriert.
Die Neugier packte mich. Ich schlich mich, von Büschen und Bäumen gedeckt, näher heran, da sah ich einen Schröter, den ich kannte, dann mehrere Winzer und schließlich den dicken Habermaul, den Weinhändler, der dem Kufenholz seinen Hühnerstall zur Wohnung gegeben und seine Tochter bei sich im Kontor aufgenommen hat. Der muß sich mit den Franzosen gut stehen, war mein erster Gedanke, wie sonst könnte er es wagen, Wein und andere Güter am hellen Tage zu verladen? Ich ging hin und stellte mich zu den arbeitenden Leuten. Da kam er auf mich zu und schaute mich an, die Winkel seiner Wulstlippen spöttisch nach unten ziehend.
„Da staunst du, mein lieber Karl! Ja, der alte Habermaul kann mehr als Fässer zählen. Er weiß auch wohin damit, und wie man sie zu Geld macht.
Die Franzosen, meinst du, die könnten mich hier erwischen? Ganz im Gegenteil, lieber Karl, ganz im Gegenteil!"
Dann lachte er laut auf, drehte sich um, und ließ mich stehen.

Darüber hatte ich noch nicht nachgedacht. Der von den vier Franzosen geraubte Wein mußte schließlich auch getrunken werden! Mundraub in diesen Mengen war nicht möglich, nein, die Räuber mußten einen Händler kennen, der ihnen den Wein abnehmen und bezahlen konnte.
Der Habermaul konnte am hellen Tage unbehelligt verladen.
Ob er dieser Händler war, ob er deshalb glaubte, über mich lachen zu können? Aber der Habermaul konnte schlecht den Mord in Auftrag gegeben haben, denn wenn die vier nicht mehr rauben konnten, dann war das sein eigener Schaden.

Es konnte freilich sein, daß er an den drei Übriggebliebenen noch genug Schutz hatte. Vielleicht war der Clabaud für ihn zu schwierig geworden. Das war sicher ein selbstbewußter und auch habgieriger Kerl gewesen. Vielleicht hatte er zu viel gefordert. Vielleicht waren es die Übriggebliebenen auch zufrieden, wenn jetzt das Geld nicht mehr unter vier, sondern nur noch unter drei geteilt wurde.
Aber die eigenen Hände hatte der Habermaul bei dem Mord sicher nicht bewegt. Die waren zu dick und zu sehr mit goldenen Ringen beschwert.
Am späten Nachmittag war ich dann wieder in Geisenheim. Unterwegs war mir klar geworden, wen ich in Mainz zusammen mit der undinenhaften Else gesehen hatte. Ich traf ihn nämlich wieder, noch auf dem Leinpfad kurz vor Geisenheim. Vielleicht war er mit dem Schiff gekommen, das jetzt am Kran beladen wurde. Es war einer der Schröter. Es war der Schröter, der mit den Franzosen hinter dem Faß gewesen war und geschoben hatte. Ich kannte ihn nur flüchtig. Er hatte ein kleines Weingut in Winkel und verdiente sich gerne noch etwas durch Schröterarbeit.
Ich versuchte, mit ihm ins Gespräch zu kommen, vermied es aber, ihn auf seinen Besuch in Mainz anzusprechen. So kam kein Gespräch zustande. Wäre ich dort auf die beiden zugegangen, dann wäre mir ein Gespräch jetzt leichter gefallen. So konnte ich schlecht sagen, ich wisse, daß er in Mainz gewesen sei. Dann hätte er nämlich gefragt, warum ich nicht zu ihnen gekommen sei, und ich hätte nichts zu antworten gewußt. Also sprachen wir vom Wetter und den Reben, so hin und her. Von dem Unfall wollte ich auch nicht sprechen, da ich dachte, es sei günstiger, wenn er auf dieses Ereignis zu sprechen käme. So wartete ich, ob er etwas sagen werde.
Er sagte aber nichts, was mir ein Anlaß hätte sein können, über den Unfall zu sprechen, und so gingen wir dahin, nebeneinander, miteinander sprechend, aber nicht im Gespräch miteinander, und ich war froh, als er bei den ersten Häusern sagte, er habe dort in der Nähe noch etwas zu erledigen, und sich verabschiedete. Ich hatte den Verdacht, daß er unserer seltsamen Wortwechsel überdrüssig war.

Maria hatte meine Rückkehr so schnell noch nicht erwartet. Sie war gerade damit beschäftigt, den großen Schrank im Wohnzimmer zu putzen. Sie hatte alles ausgeräumt. Gläser und Tücher, Bestecke und Teller lagen wohlgeordnet auf dem Tisch. Sie selbst stand auf einem Stuhl und reckte sich, um die oberen Gefächer des Schrankes säubern zu können. Da sie sich allein wähnte, hatte sie einige störende Kleidungsstücke abgelegt, und ich stand eine Weile, in ihren Anblick versunken, bis sie mich bemerkte.
Sie sprang sogleich herab, gab mir einen Kuß und zog mich in die gemütliche Ecke.
Dann mußte ich erzählen.

Ich erläuterte ziemlich genau, was ich erfahren hatte.
Else spielte in meinem Bericht keine große Rolle, ihr Aussehen fand ich nicht so wichtig für die Aufklärung des Unfalls, daß ich darüber hätte berichten müssen.
Als ich fertig war, überlegte Maria und sagte schließlich, ob ich bereits einmal darüber nachgedacht hätte, wie es möglich gewesen sei, daß der Schröter, der hinter dem Faß gewesen sei, sich so gut habe retten können?
Ob mir nicht auch schon der Verdacht gekommen wäre, daß dieser Schröter vor dem Unfall bereits gewußt hätte, daß der Unfall eintreten werde?
Ich nickte.
Ihr sei das jetzt eingefallen, da sie von seinem Besuch in Mainz gehört habe. Dieser Schröter habe ja wohl ein engeres Verhältnis zur Tochter des getöteten Lutz als ich. Von der hätte ich ihr mehr erzählen sollen, wie sie aussehe und so, und nicht nur, was sie gesagt habe.
Sie lächelte.
Ich sei ein komischer Kerl. Sie wisse doch, daß mir auch andere Mädchen manchmal ganz gut gefielen, besonders dann, wenn ich nicht darüber spräche.
Ich schwieg und dachte, es sei mir bekömmlicher, dazu nichts zu sagen.
„Hat da wirklich einer gesagt,“ fuhr sie nach einer Weile fort, „der Lutz sei ‘aufgeknüpft’ worden?

Der war sicher nicht sein Freund. Ein Freund hätte dieses Wort nicht benutzt."
Sie stand auf, ging zum Fenster und schaute hinaus. Dann sagte sie: „Schrecklich muß es für das Mädchen gewesen sein, sich dies alles anzuhören. Aber tapfer hat sie darauf reagiert."

„Ob sie mit dem Schröter befreundet ist?
Ob sie ihn schon länger kennt?" Ich überlegte.
„Vielleicht hat er früher Wein nach Mainz geliefert."
„Vielleicht wurde er aber auch nach Mainz zu ihr geschickt von dem Kufenholz, um sie über den Tod des Clabaud zu unterrichten."
Maria nahm meine Hand.
„Ich meine, du solltest dich mit diesem Schröter eingehender beschäftigen. Ich habe gemerkt, daß du den Kufenholz verdächtigst. Der Schröter könnte den Unfall zusammen mit dem Kufenholz herbeigeführt haben. Er könnte es aber auch allein gemacht haben."
Ich versuchte, mir vorzustellen, wie er da neben Else gestanden hatte. Ziemlich nahe nebeneinander hatten sie gestanden.
„Wir wissen nicht, wie gut er diese Else kennt, wenn er sie so gut kennt, wie ich meine, dann hatte er einen guten Grund, den Clabaud zu erledigen, der am Tode ihres Vaters schuld war. Vielleicht hat sie den Schröter dazu angestiftet. Wer läuft schon in diesen Zeiten nach Mainz, nur um eine Botschaft zu überbringen, die zudem noch sehr heikler Natur ist."

Jetzt hatte mir der Weg nach Mainz nicht weniger, sondern mehr Verdächtige gebracht. Ich hatte gehofft, wenn ich einen gewichtigen Beweggrund für einen Mord fände, könnte ich meine Nachforschungen auf einen, den Kufenholz, oder höchstens auf zwei, den Kufenholz und seine Schwester konzentrieren.
Nun waren nicht nur diese verdächtig, auch die schöne Else und ihr möglicher Liebhaber waren verdächtig, zusätzlich die Winzer, die in der Nacht die Prügelei angefangen hatten, sie alle hätten die Möglichkeit gehabt, an das Seil heranzukommen, und sie alle hatten einen Beweggrund, und wenn ich nun

anfangen wollte, die Beweggründe gegeneinander abzuwägen, dann würde mich das auch nicht weiterbringen, denn es war ja durchaus nicht sicher, daß der stärkste Beweggrund zum Mord führen mußte, es konnte auch der schwächste sein. Zusätzlich mußte ich noch klären, was den Oskar dazu bewogen hatte, so unsinnig mit dem Seil zu verfahren.
Maria meinte, sie könne ihn verstehen. Er habe das Seil gehabt und habe nicht gewußt, was er damit machen solle, so habe er mir das Seil gegeben und doch nicht gegeben.
Das sei doch manchmal so, wenn man sich nicht entscheiden könne, daß man etwas so tue, daß es so sei, als ob man es nicht getan habe, und doch eine Chance bestünde, daß es getan sei.
Sie schaute mich an, als ob ich das sehr gut verstanden hätte.
„Bei Oskar fällt das dann immer etwas merkwürdig aus!“, sagte sie dann.
Sie hatte recht mit ihrer Vermutung. Ich traf Oskar in den Weinbergen, wo er mit einer großen Hacke beschäftigt war, den Boden zu lockern.
Ich fragte ihn, warum er das Seil nach Martinsthal gebracht habe, und was er sich dabei gedacht habe.
Er meinte zuerst, ich solle doch zufrieden sein, daß ich das Seil jetzt hätte. Ich hätte es doch gefunden, und das sei auch gut so. Ich müsse doch nicht auch noch wissen, was er sich dabei gedacht habe, als er das Seil auf den Glockenspeicher gehängt habe, es genüge, wenn ich wisse, was er getan habe.
Schon wendete er sich ab, um weiter zu hacken.
Ich nahm ihm die Hacke ab und sagte, die bekomme er erst wieder, wenn er mir die Auskunft gegeben habe, die ich verlangt hätte.
Da kam es dann heraus.
Noch während sich alle um den Sterbenden gekümmert hätten, hätte er das Seil weggeräumt, denn er hätte da, wo das Seil gerissen sei, deutlich den Schnitt gesehen. Den Schnitt hätte einer mit einem scharfen Messer so geführt gehabt, daß die beiden Seilenden neben der ausgefransten Rißstelle ganz glatt gewesen seien. Das hätte ich doch auch selbst gesehen.
Er hätte Angst gehabt, die Franzosen würden sofort nachforschen, was mit dem Seil gewesen wäre. Das hätte ihn und

schließlich auch den Pater und mich in Verdacht gebracht. Das hätte er verhindern müssen.
Er hätte das Seil nicht zerstört, weil er gedacht habe, es könne für die Aufklärung des Falles noch wichtig sein.
Er hätte mir das Seil nicht gegeben und auch Pater Anselm nicht, weil er sich unsicher gewesen sei. Er hätte nicht gewußt, was wir mit dem Seil anfingen, so wir es einmal hätten.
Da sei ihm der Gedanke gekommen, alles der Fügung Gottes zu überlassen, und damit diese auch wirksam werden könne, habe er das Seil auf dem Glockenspeicher in Martinsthal hingehängt. Vorher habe er es ein bißchen geflickt.
Er wisse doch, wie gerne ich immer, wenn ich zu Hause bei meinen Eltern sei, die Glocke zur Frühmesse läuten wolle. Wenn es Gottes Wille sei, würde ich das Seil dort finden.
Nun hätte ich es gefunden und solle mich zufrieden geben.
Er war ärgerlich und ließ mich das spüren. Er riß mir die Hacke aus den Händen und wendete sich wieder seiner Arbeit zu. Sogar für Grandpatte hatte er kein gutes Wort.
Das war sehr ungewöhnlich.
Er hatte sicher das Seil geprüft und wußte, daß es kein Unfall gewesen war und machte sich Sorgen. Wahrscheinlich hatte er davon gehört, daß wir von einigen Leuten verdächtigt wurden, selbst den Unfall herbeigeführt zu haben. Kramhold, Rath und die anderen Winzer machten keinen Hehl aus ihrer Meinung, und für Oskar blieb es gleich unangenehm, ob sie wirklich an unsere Schuld glaubten, ob sie uns nur ärgern wollten oder ob sie von einer eigenen Schuld ablenken wollten.

Auf dem Weg zu Pater Anselm bemühte ich mich, Ordnung in meine Gedanken zu bringen und überlegte, was ich nun sicher wisse.
Der Unfall war mit Absicht herbeigeführt worden. Er konnte nur von einem herbeigeführt werden, der etwas von der Schröterarbeit verstand.
Der Unfall war also ein Mord. Jeder, der einen solchen Unfall herbeiführen konnte, wußte, daß der vom Faß Getroffene mit großer Wahrscheinlichkeit zu Tode gequetscht werden würde. Clabaud war getötet worden. Einen triftigen Grund, ihn zu

töten, hatten Kufenholz und seine Schwester und vielleicht auch der andere Schröter und Kufenholzens Nichte und vielleicht der Habermaul, der dann einen Mörder oder einen willigen Mörder gedungen haben könnte.
Auch die Winzer hatten Grund, ihn so zu verletzen, daß er unfähig werde, noch einmal Wein zu rauben. Auch Rache könnte bei ihnen ein Beweggrund sein, ihn zu verletzen oder auch zu töten. Ihnen wäre es aber wohl gleich gewesen, welchen der Franzosen sie mit dem Faß getroffen hätten.
Auch Oskar, Pater Anselm und ich hatten einen Grund, den Clabaud an seinem Raub zu hindern, auch wenn er dabei schwer verletzt oder getötet würde.
Kufenholz, seine Schwester und auch der Schröter hatten Gelegenheit, das Seil für den Mord vorzubereiten. Sie hatten sicher von dem Vorhaben der Franzosen gewußt.
Wahrscheinlich hatten auch die Winzer diese Gelegenheit. Das wußte ich aber nicht sicher. Sie konnten sich denken, daß die Franzosen bald wieder einen Keller ausräumen würden.
Oskar, Pater Anselm und ich hatten diese Gelegenheit nicht, da wir keine Hellseher waren und von den räuberischen Absichten des bösen Kleeblatts erst zu spät erfuhren: Oskar, als sie in das Kloster kamen, Pater Anselm und ich, nachdem sie in das Kloster gekommen waren.
Hatte ich etwas übersehen?
Mir fiel ein, daß es gar nicht sicher war, daß Clabaud hatte getötet werden sollen. Vielleicht war der Bretone das gewünschte Opfer...
Und dann kam mir der Gedanke, der alle meine Überlegungen fragwürdig erscheinen ließ.
Wenn das Seil vor dem Raubzug zum Kloster angeschnitten worden war, dann konnte Clabaud überhaupt nicht das vorgesehene Opfer sein, auch nicht der Bretone. Dann waren die beiden anderen Franzosen die gewünschten Opfer, vielleicht auch nur einer dieser beiden; denn bei den anderen Raubzügen hatten immer diese das Faß geschoben. Jeder, der das Seil anschnitt, mußte damit rechnen, daß das wieder so sein werde. Kufenholz konnte wohl den einen Schröter in den Keller schicken. Es schien mir aber unwahrscheinlich, daß er die

Macht gehabt haben sollte, zu bestimmen, welcher der Franzosen hinter dem Faß stehen solle.
Wenn nicht irgendwann darüber gesprochen worden war, daß da ein Wechsel eintreten sollte, dann waren doch die Winzer am meisten verdächtig, denn ihnen konnte es egal sein, wer unter das Faß geraten werde.

So ungefähr trug ich Pater Anselm meine Überlegungen vor.
Er meinte, er sähe keinen Grund für mich, unzufrieden zu sein, immerhin hätte ich doch schon meine, seine und Oskars Unschuld bewiesen. Als er merkte, daß ich durch seinen Spott noch unglücklicher wurde, sagte er, ich solle einmal darüber nachdenken, wie lange ich gebraucht hätte, um die früheren Morde aufzuklären. Besonders um den letzten aufzuklären, hätte ich doch bis nach Landau reisen und viele Tage dort zubringen müssen. Diesmal hätte ich in zwei Tagen doch bereits sehr viel erfahren und hätte mir eine gute Grundlage geschaffen, um weitere Nachforschungen anzustellen.
Das war freundlich gesagt, aber der Ton, in dem er sprach, war ohne Freundlichkeit. Er war auch nicht unfreundlich, das nicht, aber er war wie ein Ton, den der Wind hervorbringt.
Er sagte das alles so dahin, als ob es ihn letztlich nicht interessiere, was ich herausgefunden hätte, und ob ich überhaupt etwas herausgefunden hätte. Ein Automat würde so sprechen, wenn er sprechen könnte.

Er fragte mich dann nach meinen Beobachtungen in Mainz. Ich hätte doch sicher die Zerstörungen an den Kirchen, am Dom und an der Liebfrauenkirche gesehen, und ob ich glaube, daß die Liebfrauenkirche wieder aufgebaut werde.
Ich antwortete ihm nicht, sondern fragte ihn, warum er gesagt habe, ich solle, wenn ich nichts erfahren könnte, nach Oberolm gehen.
Das sei kein großes Geheimnis, das sei nur so eine Ahnung gewesen, und er zeigte mir einen Brief des Geheimrates Goethe aus Weimar, in dem er eine Stelle angestrichen hatte.
Dort stand: 'Den 2. Juni ward ein Bauer aus Ober-Ulm gehängt, der beim Überfall die Franzosen geführt hatte: denn

ohne die genauste Kenntnis des Terrains wäre das schlängelnde Heranziehen nicht möglich gewesen; zum Unglück für ihn wußte er nicht ebenso gut mit den rückkehrenden die Stadt zu erreichen und wurde von den ausgesandten Patrouillen, die alles auf das sorgfältigste durchsuchten, eingefangen'.
Der Chronist Haas[9] habe ihm gesagt, das sei kein Bauer gewesen, sondern der Gerichtsschreiber Lutz aus Oberolm. Ihm sei die Geschichte merkwürdig vorgekommen. Wieso sollte gerade der, der mit dem Terrain am besten vertraut gewesen sei, die Stadt nicht erreicht haben?
Da müsse doch etwas faul sein.
Ich hätte ja nun erfahren, daß nicht nur er so denke.

In dieser Nacht schlief ich schlecht.

VIII

Eine Bootsfahrt

In den nächsten Tagen regte sich nichts.
Oskar ging mir offensichtlich aus dem Weg. Wenn ich ihn im Weinberg traf, tat er so, als ob er mich nicht sähe, und wenn es ganz unmöglich war, mir auszuweichen, war sein Gruß so kurz, daß er mich nicht verlocken konnte, stehen zu bleiben und mit ihm zu reden.
Wenn ich Pater Anselm traf, sprach er über den Wein, den nächsten Abstich und das Wachstum der Reben im Weinberg, und wenn es mir gelang, ein Wort über den Unfall und Mord anzubringen, führte er das Gespräch gleich ins Grundsätzliche, sprach über den Unterschied zwischen Recht und Gerechtigkeit, und daß das Recht nur eine mehr oder weniger ferne Annäherung an die Gerechtigkeit erlaube und eben der Fülle des Lebens nicht gerecht werden könne.
Oder er überlegte ausführlich, wie der Satz 'richtet nicht, damit ihr nicht gerichtet werdet' gemeint sein könne. Die Menschen hätten doch schon immer ein Bedürfnis nach dem Ausgleich des Unrechts gehabt.
Ohne ein 'Richten' sei aber ein solcher Ausgleich nicht möglich. Allein das Gefühl, ein solcher Ausgleich sei in einer bestimmten Angelegenheit geschaffen, setze voraus, daß gerichtet werde. Richten führe dazu, daß man sich in einem Streitfall eine Meinung bilde, was recht sei, so auch, was ein gerechter Ausgleich für ein Unrecht sei, ob zum Beispiel Rache ein Ausgleich für ein Unrecht sei.
Ganz schlecht könne Rache auch wieder nicht sein, wenn sich doch Gott selbst die Rache vorbehalten habe, Gott also auch die Notwendigkeit der Rache sähe. 'Mein ist die Rache!' habe er gesagt.
Das seien aber sehr gefährliche Gedanken.
Ich wunderte mich, weil er ähnliche Gedanken schon in unserem ersten Gespräch nach dem Unfall geäußert hatte. Manchmal auch kam es mir so vor, als hätte er meine Gedanken auf dem Wege nach Mainz mitgehört.

Einmal sagte ich, ich hätte nun erfahren, daß die Schröterwerkzeuge in einem unverschlossenen Schuppen aufbewahrt worden seien und immer noch aufbewahrt würden, und daß der Eingang zu diesem Schuppen hinter einer Hecke verborgen liege und jeder, der wolle, leicht dort hineingehen könne, ohne daß es jemandem auffalle. Ich hätte das selbst ausprobiert.
Da fing er ganz unvermittelt an, redend darüber nachzudenken, was mit dem Schuldigen geschehen werde, wenn wir ihn denn fänden. Wenn wir einen, der ein Unrecht getan habe, dem Gericht, vielleicht sogar einem militärischen Gericht oder einem Revolutionsgericht auslieferten, dann sei es für uns doch schwer zu beurteilen, ob ihm dort Gerechtigkeit zuteil werde. Er hätte doch sicher einen Grund für seine Tat gehabt. Ob aber das Gericht diesen Grund überhaupt wissen wolle, und wenn es ihn wissen wolle, ob es ihn dann verstehen könne, das sei doch sehr ungewiß. Es sei aber ganz sinnlos, einen Schuldigen zu suchen - ich merkte, daß er das Wort Mörder vermied - wenn man ihn dann nicht auch den Behörden anzeigen wolle. Dann könne man sich die ganze Mühe auch sparen.
Ich überlegte, daß ein Gericht der Franzosen den Raub des Weines sicher anders beurteilen werde als ein Gericht, in dem Winzer die Richter wären. Ähnlich wäre es mit der Beurteilung des Verhältnisses, das Clabaud mit der Schwester des Kufenholz gehabt haben solle. Ein Gericht, das aus lauter betrogenen Ehemännern bestünde, würde da auch anders urteilen als ein Gericht, das mit Jungesellen besetzt sei.
Den Pater schienen diese Fragen zu quälen. Sein unbeteiligtes Reden nach meiner Rückkehr aus Mainz war offenbar nur vorgetäuscht.
Ich hatte den Eindruck, daß sowohl er als auch Oskar mehr wüßten, als sie mir erzählen wollten. Es konnte nur etwas sein, was Oskar im Keller während des Unfalls oder nach dem Unfall gesehen oder gehört hatte. So sehr ich auch darüber nachdachte, was das sein könnte, ich konnte es nicht finden.

Anscheinend verfolgten beide auch meine Bemühungen, den Urheber des Unfalls zu finden, mit einiger Besorgnis. Sie sagten freilich nichts davon. Mit Maria hatte der Pater aber wohl gesprochen. Eines Abends meinte sie, die Leute sprächen nicht mehr über den Unfall. Das sei schließlich immer so. Andere Vorkommnisse hätten den Unfall aus dem Geschwätz der Leute verdrängt. Sie habe auch von niemandem mehr sagen hören, Oskar oder der Pater oder gar ich seien schuld an dem Unfall. Auch die Franzosen hätten sich nicht mehr um die Angelegenheit gekümmert. Ob es da nicht an der Zeit sei, die Suche nach einem Schuldigen abzubrechen? Wir hätten doch auch angenehmere Möglichkeiten, unsere freie Zeit zu verbringen.

Als ich sie dann fragte, ob der Pater sie dazu bewogen habe, mir das zu sagen, gab sie mir einen Kuß.

Das macht sie oft, wenn sie mir nicht antworten will.

Dann kam dieser Sonntag, der erste Sonntag im Juni.

Am Abend war ich, von Maria kommend, noch einmal ins Gasthaus zum Schoppenschorsch gegangen.

Es ging hoch her.

Laute Reden wurden geführt, und die Gläser klangen im fröhlichen Lärm. Nur schwer konnte man seinen Nachbarn verstehen. So sprach jeder laut, um sich verständlich zu machen, und lauter noch, und so steigerte der Lärm den Lärm. Tonnelot war da zusammen mit Wuschelbart und ein paar anderen Franzosen. Die anderen Franzosen waren aus Rüdesheim gekommen, während Tonnelot, Barbelion und der Bretone in der Nacht noch über den Rhein zurückfahren mußten nach Bingen.

Den Bretonen konnte ich nicht sehen, der war sicher mit Hanna unterwegs. Es störte die Liebenden nicht, daß die Nacht den grauen und wolkenverhangen Himmel langsam einzuschwärzen begann.

Rath aber war da, auch Kramhold und andere Winzer. Sie schienen an diesem Abend mit den Franzosen Frieden geschlossen zu haben und waren sehr freundlich mit ihnen, zu freundlich vielleicht. Ich meinte, erkennen zu können, daß ihre Blicke ihrem freundlichen Benehmen nicht entsprachen.

Ob das wieder zu einer Prügelei führen würde?

Vielleicht dachte Rath, er könnte die Franzosen überraschen, wenn er sie zuerst in Sicherheit wiegte.
Ich wollte nicht in einen Krawall hineingezogen werden und setzte mich an die Tür und beschloß, wieder zu gehen, wenn ich mein Glas ausgetrunken hätte. Tonnelot und der mit dem Bart waren im Mittelpunkt des Geredes. Sie sprachen schon ganz gut deutsch, und ich konnte hören, daß sie von ihren Heldentaten berichteten bei irgendwelchen kriegerischen Unternehmungen.
Von viel Blut war die Rede, und einer, ich habe vergessen wer, verstieg sich zu der Forderung, auch die Frauen und Kinder des Feindes dürfe man nicht schonen, da man sonst niemals einen richtigen Frieden haben könne.

Beim Weggehen traf ich auf den Bretonen, der zur Tür hereinkam. Er wollte seine Kameraden wohl zur Heimfahrt abholen. Sie kamen meist in demselben Nachen, den sie immer an derselben Stelle auf das Ufer hinaufzogen und dort bis zur Rückfahrt liegen ließen.
Hanna sah ich nicht.
Ich fand den Gedanken, in der dunklen Nacht mit dem Nachen nach Bingen zu fahren, wenig verlockend und war froh, daß ich mich nach Hause begeben und ins Bett legen konnte. Im Bett fiel mir ein, daß ich vergessen hatte abzuschließen. Ich war aber zu faul aufzustehen und dachte, Grandpatte werde schon alle Bösewichter fernhalten.

Ich erinnere mich, daß ich in dieser Nacht irgendetwas Angenehmes träumte. Was es genau war, habe ich vergessen. Geblieben ist nur die Erinnerung an etwas, bei dem man sich zurücklehnt und sich wohlig räkelt, es endete aber, das weiß ich noch, damit, daß ich mich, von einer nixenhaften Stimme angerufen, über ein kleines Wasser beugte, das plötzlich aufstieg wie ein Springbrunnen und mir das Gesicht benetzte. Natürlich war das wieder Grandpatte, der mich auf seine Weise weckte.
Er war nicht alleine im Raum. Ich spürte die Anwesenheit einer anderen Person, konnte aber in der Dunkelheit niemand erkennen.

Ich tastete nach der Kerze.
Hanna stand vor meinem Bett, aufgeregt war sie, sie nahm mich am Arm.
„Du mußt ihm helfen.
Es ist kalt in der Nacht.
Er ist völlig durchnäßt.
Er hat viel Wasser geschluckt.
Darf er herein?“

Der Bretone stand vor der Tür.
Wir haben ihn getrocknet, gewärmt und ihm ein Lager bereitet.
Er sagte gar nichts.
Aus Hannas Reden erfuhr ich, daß auf dem Rhein ein Unfall passiert war. Der Nachen war mitten in der Strömung plötzlich in sich zusammengebrochen.
Ganz schnell sei von überall her Wasser eingedrungen, sagte Hanna. Jean Baptiste sei ins Wasser gefallen. Er habe noch gesehen, wie der Tonnelot losgeschwommen sei, nach Bingen zu. Der Barbelion habe sich wohl zuerst an die Trümmer des Bootes geklammert. Was er dann gemacht habe, habe Jean Baptiste nicht sehen können. Er habe die anderen in der Dunkelheit schnell aus den Augen verloren. Jean Baptiste sei ohne nachzudenken zurückgeschommen an unser Ufer. Es sei ihn hart angekommen. Die anderen hätten sich sicher leichter retten können, da sie besser schwimmen könnten als er.
Das mochte ihr Jean Baptiste ja hoffen, ich hatte da so meine Zweifel. Die beiden waren vielleicht gute Schwimmer, bessere als der Bretone, sicher war aber, daß die beiden nach dem langen Aufenthalt beim Schoppenschorsch angetrunken, wenn nicht betrunken waren, und jeder weiß, daß Betrunkene schon Schwierigkeiten haben, aufrecht und in eine Richtung zu gehen. Wie wird es da erst mit dem Schwimmen sein? Wahrscheinlich hätten sie auch klüger gehandelt, wenn sie in die Richtung zurückgeschwommen wären, aus der sie gekommen waren.
Ich sagte das nicht, um nicht noch mehr Unruhe zu stiften.
Jean Baptiste sei zu ihr gekommen, und sie habe gedacht, am ehesten könne sie bei mir Hilfe finden.

Das Kloster sei zu weit entfernt.
Der Bretone sagte wenig. Soweit er überhaupt etwas sagte, bestätigte er, was Hanna gesagt hatte.

Am Morgen hat sich der Bretone dann, ausreichend erholt von der unglücklichen Bootsfahrt, von einem Fischer nach Bingen fahren lassen. Ich hörte, daß die beiden anderen nicht drüben angekommen waren. Man suchte wohl zwei Tage lang nach ihnen, vor allem in der Binger Gegend und auf der Insel des Mäuseturms[10], aber auch, wenn auch nicht so eingehend, zwischen Rüdesheim und Geisenheim und noch ein gutes Stück nach Aßmannshausen zu. Dann gaben die Franzosen die Suche auf. Von dem Bretonen hörte ich, daß die Offiziere annähmen, die beiden seien desertiert. Es seien ohnehin schlechte Soldaten gewesen, häufig betrunken und nachlässig in ihrem Dienst. Man habe ihnen eine Desertion zutrauen können.

Ein paar Tage später sprach ich mit einem Fischer über diesen Bootsunfall. Er meinte, der Nachen sei doch schon ziemlich nahe am Binger Loch gewesen, da wo der Rhein sehr eng werde und eine starke Strömung aufweise. Es könne gut sein, daß der Bretone sein Leben gerettet habe, indem er zurückgeschwommen und so dieser Strömung entgangen sei, daß die beiden anderen aber vorwärts, nach Bingen zu schwimmend, von der Strömung erfaßt worden seien. Wenn das so sei, dann könnten sie, in ihrer Trunkenheit hilflos im Strom gefangen, weit über Bingen hinaus getrieben sein, bis Bacharach vielleicht oder noch weiter. Wahrscheinlich seien sie ertrunken.
Wie denn das Boot habe zusammenbrechen können? Da brauche ich mir nur vorzustellen, daß ein Boot das Gegenteil von einem Faß sei. In einem Faß wirkten die Kräfte des Wassers oder vielmehr des Weines von innen nach außen. Auf ein Boot wirkten die Kräfte des Wassers von außen ein und drückten nach innen. Das solle ich mir einmal überlegen und mir ein Boot ansehen, dann käme ich schon ganz allein auf die Lösung dieses Rätsels. Er fände es seltsam, daß er einem Winzer etwas so Einfaches erklären solle. Er schloß seine Erklärungen etwas

unwillig. Mir schien, daß er den Unfall merkwürdig fand, aber weitergehende Erklärungen vermeiden wollte, um nicht in diese Geschichte hineingezogen zu werden.
Welche Geschichte aber?

Mehrere Tage vergingen. Ich vermied es, nach Johannisberg zu gehen. Mit Maria sprach ich nicht mehr über meine Gedanken zu den beiden Unfällen, obwohl ich oft darüber nachdachte und zu dem Schluß gekommen war, daß ich allen Grund hätte, den Rath und seine Winzer zu verdächtigen, wenn auch dieser letzte Unfall kein Unfall gewesen sein sollte. Hatten sie den Franzosen absichtlich viel Wein eingeflößt? Sie hatten gewußt, daß die drei Franzosen noch über den Rhein mußten, hatten genug Zeit, den Nachen, den diese benutzen wollten, so zu beschädigen, daß er untergehen würde, und sie hatten die Gelegenheit, die Franzosen so lange aufzuhalten, bis es dunkel war, und ein Schaden an dem Nachen nicht mehr bemerkt werden konnte. Wie aber kann man einen Nachen so beschädigen, daß man bei Dunkelheit den Schaden nicht bemerkt? Ein Leck hätten die Franzosen doch auch bei Dunkelheit bemerkt.
Wie kann man erreichen, daß der Nachen erst mitten im Strom untergeht und nicht schon vorher?
Maria kannte mich gut genug, um zu wissen, daß ich mich immer noch mit den Unfällen beschäftigte. Sie war verstimmt, weil ich nichts sagte. Ich wußte, warum sie verstimmt war, und ärgerte mich darüber, weil sie schließlich gesagt hatte, ich solle die Unfallgeschichte nicht weiter verfolgen. So ärgerten wir uns beide, und je mehr wir uns ärgerten, desto schwerer fiel es uns, über die Ursache des Ärgers zu sprechen. Unsere Gespräche wurden steif und gezwungen...

Wir litten beide darunter, aber keiner wollte es zugeben.
Lange kann ich eine solche Sprachlosigkeit nicht aushalten. Ich war daher erleichtert, als ich einen Brief von einem befreundeten Winzer aus Bacharach bekam, in dem er mir mitteilte, er habe gehört, wir vermißten zwei Franzosen und ein Boot. Alle drei hätten sich in Bacharach eingefunden. Wenn ich mich dafür interessiere, solle ich kommen und nachschauen.

Ich trug den Brief sofort zu Maria. Ein merkwürdiger Brief sei das, meinte sie. Die Verstimmung war verflogen, und wir berieten, was zu tun sei.
Das führte dazu, daß ich einen Tag später mit einem Floß, das ich in Rüdesheim hatte besteigen können, nach Bacharach gelangte. Es war eines von jenen riesigen, langen, in mehrere Abteilungen gegliederten Flößen, mit denen Baumstämme und auch andere Güter den Rhein hinab bis in die Niederlande befördert werden. Sogar Hütten stehen auf diesen Flößen.
Meinen Freund fand ich in seinem Hof, wo ein Faß ausgebessert wurde. Er nahm mich gleich beiseite und sagte, ein Fischer hätte die Leichen der Franzosen am Rheinufer gefunden. Der habe ihm das berichtet. Der Fischer sei zu ihm gekommen, weil bekannt sei, daß er manchmal aushelfe, wenn der Bürgermeister abwesend sei. Der Fischer habe mit seinem Fund nicht gleich zum Bürgermeister selbst gehen wollen; denn dieser hätte die beiden Toten sicher dazu benutzt, ein lautes Theater aufzuführen, in dessen Mittelpunkt er selbst gestanden hätte. Alles benutze der, um sein Ansehen zu mehren.
Er sah mich nachdenklich an und fuhr dann fort, der Fischer sei also zu ihm gekommen. Er habe sich mit einigen Freunden beraten, und sie hätten beschlossen, den Fund der Behörde nicht anzuzeigen, weil das lediglich Schwierigkeiten zur Folge gehabt hätte und den Toten doch nicht mehr hätte helfen können. Sie hätten beschlossen, die Ertrunkenen als namenlose Tote auf dem Friedhof zu begraben. Der Pfarrer habe keine Fragen gestellt, da es schließlich schon mehrmals vorgekommen sei, daß Tote angeschwemmt worden seien, deren Herkunft keiner mehr habe feststellen können. Bis jetzt habe noch keiner nach den Gräbern gefragt. In diesen unruhigen Zeiten hätten sich die Leute auch abgewöhnt, allzuviel zu fragen. Es werde vielleicht ein Gerede geben, aber das sei nicht so schlimm.
Wertsachen hätten die beiden nicht bei sich gehabt. Ihre Röcke habe seine Frau getrocknet und auf dem Speicher verwahrt, die könne ich sehen, falls es mich danach gelüste.
Der eine der Toten sei übrigens noch in den Trümmern des Bootes gewesen, als ob er sich davon nicht hätte befreien

können, der habe einen dichten, ungepflegten Bart getragen, eine richtige Löwenmähne. Der andere sei so dick gewesen wie ein Faß. Der hätte eigentlich ganz von selbst schwimmen müssen.

Er sah sich um, ob uns auch wirklich niemand zuhören könne, und sagte dann, ein Weinhändler, den er gut kenne und dem man vertrauen könne, habe ihnen erzählt, das seien zwei üble Kerle gewesen, Franzosen, die im Rheingau Wein geraubt und über einen seiner Kollegen, der für solche Geschäfte bekannt sei, verkauft hätten. Seine Freunde hätten die Bootstrümmer sofort verbrennen wollen, um alle Spuren zu beseitigen. Sie hätten sich überlegt, wie es zu dem 'Unfall' – er betonte das Wort sehr auffällig – gekommen sein könne. Dann hätten sie gemeint, für die Rheingauer Winzer wäre es am besten, wenn man von den beiden nichts mehr sähe, auch die Bootstrümmer nicht. Er aber habe gesagt, sie sollten abwarten, ob ich die Trümmer nicht vielleicht sehen wolle.

Wir gingen zuerst in den Schuppen, in dem er die Bootstrümmer versteckt hatte. Ich sah ein trauriges Gewirr von Brettern. Mein Freund erklärte mir, was die Planken und was die Spanten seien. Die Planken seien das, was beim Faß die Dauben seien. Sie bildeten die äußere Hülle des Bootes. Die Spanten seien quer zu den Planken im Inneren des Bootes angebracht und bewirkten, daß das Boot dem Druck des Wassers standhalten könne.

Ich erinnerte mich an das, was der Fischer gesagt hatte.

Nun zeigte mein Freund auf diese Querhölzer und zeigte mir, daß sie gebrochen waren. Ich beugte mich über die Bruchstellen und konnte nun leicht erkennen, daß sie gebrochen waren, weil sie angesägt waren.

„Das wollte ich dir gezeigt haben, damit du Bescheid weißt. Ich kenne dich und weiß, daß du den Unfall aufklären willst. Du sollst wissen, daß das kein Unfall war, und daß es besser ist, da nichts mehr aufklären zu wollen. Es ist besser für dich und für alle, die daran vielleicht beteiligt waren. Das meine ich aus Freundschaft zu dir.

Jetzt werden wir diese Trümmer verbrennen, damit niemand daraus etwas konstruieren kann, was unseren Freunden im Rheingau schaden könnte."
Auf dem Weg zum Speicher, er ging voran, ohne etwas zu sagen, dachte ich mir, daß es wohl leicht zu sehen sei, wen mein Freund da für den oder die Urheber des Unfalls auf dem Rhein hielt.
Er wollte den Rath und seine Winzer schützen.

An den Uniformröcken war weiter nichts zu sehen. Die konnte er gleich mitverbrennen. Er ließ mich eine Weile die Röcke mustern, dann zog er aus den Taschen an der Seite je einen Lappen, der genauso aussah wie der Lappen, den mir Oskar im Keller gegeben hatte.
„Ich weiß nicht, was das bedeuten soll. Aber ich wollte dir die Lappen auch noch zeigen. Es ist ja möglich, daß du etwas damit anfangen kannst."

Die Heimfahrt war langwierig und mühsam. Einen Teil der Strecke mußte ich zu Fuß zurücklegen, bis ich auf einem Eberbacher Schiff mitfahren durfte, das den Rhein hinauf getreidelt wurde.

Maria hörte sich meinen Bericht sehr aufmerksam an und meinte dann, wenn wir das Rätsel der Lappen gelöst hätten, hätten wir vielleicht auch das Rätsel der Unfälle gelöst. Es wäre wohl interessant zu wissen, ob der Bretone seinen Lappen auch mit sich trüge.
Es könne aber auch sein, entgegnete ich, daß die Lappen nur ein kindliches Zeichen der Zusammengehörigkeit seien und mit dem Mord überhaupt nichts zu tun hätten. Ich überlegte, was daraus folgen müsse, daß es ein Zeichen der Zusammengehörigkeit sei. Wahrscheinlich war es ja so, daß der Bretone ebenfalls ein solches Zeichen hatte.
„Ob der Bretone nun auch noch ermordet wird?", sagte ich laut.
Fast im gleichen Moment sagte Maria: „Hast du eigentlich einmal darüber nachgedacht, wie merkwürdig es ist, daß Hanna

mit ihrem Bretonen im Kloster Zuflucht gesucht hat, gerade dort, wo er kurze Zeit vorher beinahe ermordet worden wäre?“ Sie hatte in ihren Gedanken einen ganz anderen Weg verfolgt.

Am Abend ging ich noch zu Pater Anselm.
Ich erklärte ihm, daß ich in Bacharach gewesen sei, und was ich dort erfahren hätte. Auch an dem Unfall auf dem Rhein seien Mörder schuld. Die Morde seien sich ähnlich: einmal sei ein Seil angeschnitten und einmal seien Spanten angesägt worden.
Der Pater war unruhig, hörte mir aber zu, nur als ich ihm sagte, es sei da auch noch eine andere Verbindung zwischen den Morden, und ihm die Lappen mit den roten Fäden zeigte, sprang er auf, riß sie mir fast aus der Hand und führte mich in seine Zelle.

Mehr kann ich nicht schreiben; denn in der Zelle bat er mich, die Suche nach dem Mörder aufzugeben.
Er erklärte mir auch, warum ich die Suche aufgeben solle. Leider kann ich diese Erklärung nun auch nicht niederschreiben, weil durch diese Erklärung der Mörder verraten würde oder die Mörder, wenn es denn mehrere waren. Natürlich weiß ich jetzt, wer der Mörder ist, oder der ‘Schuldige’. Pater Anselm besteht darauf, der ‘Schuldige’ oder die ‘Schuldigen’ zu sagen. Ich kann aber den Namen dieser schuldigen Person nicht nennen! Ich kann auch nicht schreiben, ob es eine Person ist, oder ob es mehrere Personen sind.
Ich kann nur noch mitteilen, daß dem Pater seine Entscheidung sehr schwer gefallen ist.
Oskar wußte etwas oder er ahnte etwas.
Er will aber über die ganze Angelegenheit nicht mehr reden.
Maria habe ich natürlich des Paters Entscheidung und Bitte mitteilen dürfen.
Sie war einverstanden.

Nun konnten wir auch wieder von unserer Hochzeit sprechen. Hoffentlich muß sie nicht noch einmal verschoben werden.

Der Bretone und Hanna haben noch vor uns geheiratet.

Kufenholz, der in den letzten Wochen sehr gealtert ist, hatte keine Einwände mehr. Er hat sogar zusammen mit seiner Schwester an der Trauung teilgenommen.
Der Schröter, der mit Else befreundet ist, hat an der Hochzeit nicht teilgenommen. Auch der Habermaul hat sich nicht blicken lassen.
Der Rath kam mit ein paar Winzern. Sie haben sich die Zeremonie angesehen und sind gleich wieder gegangen. Sie hatten mit dieser Hochzeit eigentlich nichts zu schaffen.
Der Bretone wurde schon bald mit seiner Truppe in einen entfernten Ort nach Frankreich verlegt. Hanna ist mit ihm gegangen.
Was ich zu dieser Hochzeit geschrieben habe, hat nichts mit der Lösung des Rätsels zu tun. Wenn sich in meinem Bericht ein Hinweis auf den Schuldigen findet, muß das an einer früheren Stelle sein.

IX

Ein schwieriger Entschluß

Damit war Karls Bericht zu Ende. Ich suchte noch eine Weile in den Papieren, in späteren Berichten und Briefen, konnte aber nichts mehr finden, was über den oder die Verursacher der beiden Unfälle hätte Aufschluß geben können. Trotzdem habe ich den Bericht, der in deutscher Schrift und teilweise schwer lesbar geschrieben war, ganz abgeschrieben.

Ich wollte ihn meinen beiden Kollegen vorlegen, damit wir dann gemeinsam entscheiden könnten, ob wir ihn veröffentlichen sollten.

Ich war mir unsicher.

Einerseits fand ich es erholsam, von Verdächtigen zu lesen, die normal waren und normale Beweggründe für ihre Taten haben sollten, ohne daß eine krankhafte Verirrung, eine schwere Jugend oder die üble Einwirkung einer mißgeleiteten Gesellschaft auf dem Grunde der Gründe gesucht wurden. Andererseits war die Geschichte, so wie sie Karl uns hinterlassen hatte, zwar zu Ende, aber nicht abgeschlossen.

Die beiden Kollegen Michael und Patrick waren sofort gegen eine Veröffentlichung. Das ginge nicht, gerade ein „Krimi" könne nicht ohne ein Ende bleiben, in dem alles aufgeklärt werde. Man müsse wenigstens wissen, wer der Mörder gewesen sei. So bliebe doch auch ein Stück des Verdachtes an Oskar und sogar an Pater Anselm hängen. Schließlich habe Karl den Bericht verfaßt, und der sei ihr Freund. Vielleicht habe er etwas ausgelassen, was den beiden hätte schaden können …

Das weckte meinen Widerspruchsgeist.

Hätten sie vorsichtig Zweifel ausgedrückt daran, ob es sinnvoll sei, den Bericht zu veröffentlichen, dann hätte ich möglicherweise zugestimmt.

Die Sicherheit aber, mit der sie ihre Ablehnung vortrugen, machte mich ärgerlich. Jetzt wollte ich den Bericht veröffentlichen.

„Dann müßten wir ihm selbst ein Ende schreiben“, meinte Michael, „aber wir kennen den Mörder nicht.“
„Der ist doch leicht zu finden. Wenn wir Karls Bericht als einen wahrheitsgetreuen Bericht ansehen, und nichts hindert uns daran, dann kommt doch nur der Rath mit seinen Winzern in Frage!“ Patrick wollte offenbar einlenken und sah eine Möglichkeit, mir entgegenzukommen.
„Das scheint mir nicht so zu sein. Ich meine eher, der Kufenholz sei der Mörder!“, widersprach Michael. „Der hatte die beste Gelegenheit!“ Patrick schien die Belastung des Kufenholz zu offensichtlich zu sein. Das hätte Karl nicht so geschrieben, wenn Kufenholz der Mörder wäre, meinte er, weil er doch gewußt habe, daß er den Täter nicht preisgeben solle.

Ich hatte mich noch nicht festgelegt. Für mich war der Schröter, der das Faß von hinten geschoben hatte, der am meisten verdächtige. Er hatte sich so einfach in Sicherheit bringen können, wahrscheinlich weil er etwas wußte. Aber das hieß nicht, daß er der Mörder war.
War er von Habermaul, dem Weinhändler, gedungen? An eine Liebschaft des Schröters mit Hanna konnte ich nicht glauben. Nach allem, was ich gelesen hatte, schien mir eine Liebschaft mit Else wahrscheinlicher. Dann hatte er aber keinen Grund, das Boot anzusägen.
Wenn er von Habermaul gedungen war, hieße das doch wohl nicht, daß dieser alle vier Franzosen umbringen wollte? Dann hätte der Schröter ebenfalls keinen Grund gehabt, auch das Boot anzusägen?
Warum schließlich sollte Anselm den Habermaul schützen, wenn der seine Komplizen umgebracht hatte?
Warum wollte Anselm weitere Nachforschungen verhindern?
Wen wollte er schützen? Die Winzer? Weil sie Rheingauer waren?
Das war ein anderer Gesichtspunkt: Wen wollte Pater Anselm schützen? Wollte er überhaupt jemanden schützen, oder hatte er einen anderen Grund? Ging es ihm vielleicht nur um die Gerechtigkeit, ohne daß er irgendeine Beziehung zu dem Mörder hatte?

Und welche Beziehung hatte Pater Anselm zu dem Bretonen? Hatte dieser den Pater vielleicht schon vor dem 'Unfall' um seine Hilfe bei der Hochzeit mit Hanna gebeten? War er nur widerstrebend zum Weinraub nach Johannisberg mitgegangen? Hatte er vielleicht sogar Oskar gewarnt und dieser die Warnung nicht ernst genommen oder...

Warum sprach der Pater von einem Schuldigen und nicht von einem Mörder, oder war das jetzt nur Wortklauberei?

Einen Schuldigen nannte er vielleicht jemanden, der zwar einen Unfall herbeiführen wollte, nicht aber den Tod eines Menschen. Wie paßte dazu der Unfall auf dem Rhein?

Viele Fragen!

Ich hätte, bevor ich mich da auf einen Mörder festlegen wollte, gerne noch mehr gewußt.

Ich hätte gerne gewußt, ob es irgendwo noch einen ausführlicheren Bericht über den Ausfall nach Marienborn gab. Vielleicht auf französischer Seite?

Ein Bericht von französischer Seite könnte überhaupt sehr hilfreich sein, da man diesen Bericht, der aus einer ganz anderen Perspektive geschrieben wäre, mit Karls Bericht vergleichen könnte.

Vielleicht hatte der Bretone diese Geschichte in einem Brief nach Hause erwähnt.

Ich hätte gerne gewußt, ob nicht nur der Clabaud, sondern auch die beiden anderen an diesem Ausfall beteiligt waren und geholfen hatten, den Lutz an die Preußen auszuliefern.

Ich hätte gerne gewußt, ob der Schröter, der das Faß geschoben hatte, die Else später geheiratet hatte.

Ich hätte gerne etwas über die merkwürdigen Lappen erfahren - Pik As und Coeur.

Manches konnte ich vielleicht noch in den Archiven in Mainz und Wiesbaden finden. Obwohl ich da wenig Hoffnung hatte. Ich hatte schon überall dort gesucht, wo ich mir einen Fund erhoffen konnte. Da konnte nur noch ein Zufall helfen, der mich etwas an einer Stelle finden ließ, an der man es nicht erwarten konnte.

Auch von Gesprächen mit Winzern im Rheingau konnte ich nicht viel erwarten. Das Protokoll, von dem damals bei dem

Tieffliegerangriff gesprochen worden war, hatte entweder nie existiert, oder es war in den vielen Jahren, die seither vergangen waren, verschwunden. Der davon gesprochen hatte, war gestorben, den konnte ich nicht mehr fragen. Der, der gemeint hatte, der Schrötermeister, also Kufenholz, sei einer seiner Vorfahren, der war ebenfalls gestorben, und sein Sohn hat mich sehr erstaunt angesehen, als ich ihn fragte, ob es in der Familie vielleicht noch Briefe seines Vorfahren gebe. Nein, solche Briefe gebe es nicht, und ich dürfe auch nicht nach solchen Briefen suchen, schon gar nicht, wenn ich versuchen wolle, seinem Vorfahren etwas anzuhängen.
Von Habermaul konnte ich in Erfahrung bringen, daß er seinem Sohn einen florierenden Weinhandel hinterlassen hatte. Dieser Sohn war nach Rüdesheim gezogen. Seine Söhne hatten, so wie er, Weinhandel betrieben. Das Haus war in den letzten Kriegstagen bei dem Angriff auf Rüdesheim zerstört worden. Der damals lebende Habermaul war weggezogen und verschollen. Wahrscheinlich waren alle Unterlagen, die für mich hätten interessant sein können, mit dem Hause verbrannt.

So würde ich in Frankreich suchen müssen. Ich erinnerte mich an Herrn Rousselle, und wie er davon berichtet hatte, daß einer seiner Freunde in der Bretagne einen Vorfahren gehabt hätte, der zur Zeit der Revolution und auch später im Rheingau gewesen wäre. Was wäre verloren, wenn ich im nächsten Urlaub einmal versuchte, von der Bretagne aus Spuren in die Vergangenheit des Rheingaus zu finden?
Während ich überlegte, hatten die beiden sich in der Frage des Mörders völlig auseinandergeredet und kamen zu dem Schluß, daß es uns nicht möglich sein werde, den Bericht Karls zu beenden, da wir uns nicht auf einen Mörder einigen könnten.
Da sagte ich: „Hier im Rheingau und in Wiesbaden und Mainz habe ich schon gesucht, aber nichts gefunden. Ich werde in den nächsten Tagen ohnehin wieder in die Bretagne fahren, um Urlaub zu machen. Dort werde ich nach Spuren suchen, die mich vielleicht an den Bericht eines Franzosen über die hiesigen Ereignisse gelangen lassen. Wenn einer ein Tagebuch geführt oder einen Brief nach Hause geschrieben hat, könnte

darin ein solcher Bericht enthalten sein. In diesem könnte ich Hinweise finden, die mir zur Lösung des Rätsels verhelfen oder weitere Forschungen in den Archiven in Mainz und Wiesbaden ermöglichen könnten.
Wir brauchen einen unabhängigen Bericht. Dann kann ich den Bericht Karls ergänzen, und dann reden wir noch einmal über die Veröffentlichung."

„Ja, wenn das ein Urlaubsspaß sein soll ..."
So spaßig war mir mein Vorschlag nicht vorgekommen. Ich sah aber, daß beide zufrieden waren.
Also faßten wir den Beschluß, den Bericht Karls zu veröffentlichen, wenn es mir gelänge, ihn durch eine Ergänzung plausibel zu beenden. Damit hatte ich mich nun in eine Zwangslage gebracht, denn ich wußte, daß ich mich sehr ärgern würde, wenn es mir nicht gelänge, den Fall aufzuklären.
Unsere Urlaubsreise aber hatte in diesem Jahr mit einem Mal einen tieferen Sinn bekommen.

Kein vernünftiger Mensch wird eine Reise antreten, ohne sich Rechenschaft darüber zu geben, welchen Sinn diese Reise haben solle. Man kann nicht einfach in die Welt hinaus fahren, nur weil andere Leute das tun. Auch eine Reise zu machen, um die Reiseerlebnisse nachher als Gesprächsstoff benutzen zu können, scheint mir wenig ersprießlich, denn man nimmt viel Mühe und manche Unbequemlichkeit auf sich, um etwas zu erlangen, was man ganz mühelos erreichen kann, denn Gesprächsstoffe werden überall um's Hinschauen geliefert.
Selbst reisen, um danach damit angeben zu können, irgendwo gewesen zu sein, scheint mir ein eher törichtes Beginnen. Wer mit Reisen angibt, macht sich unbeliebt bei allen, die sich solche Reisen nicht leisten können. Diejenigen aber, die sich solche Reisen leisten können, regt er nur dazu an, ihn mit der Schilderung ihrer eigenen Reisen zu übertrumpfen.

Inwieweit Reisen der Erholung und Kräftigung dienen können, hängt wohl ab von der Art der Reise. Es soll ja erholsam sein, wenn man einmal ganz befreit ist von den Forderungen, die der

Alltag stellt, und den Sorgen, die er bereitet. Diese Freiheit vermag man zu Hause nicht zu erlangen. Überall stehen da Dinge, Bücher, Schreibtische, Instrumente und Werkzeuge, die mit diesen Alltagsforderungen und Sorgen richtig behängt sind und unsere Freiheit bezwingen schon dadurch, daß sie nur da sind und sich anschauen lassen. Je weiter man also von zu Hause entfernt weilt, desto tiefgründiger müßte die Erholung sein, die sich aus der Reise ergibt. Wie aber könnte man sich weiter entfernen, als wenn man sich nicht nur vom Ort des Zuhauses, sondern auch aus der Zeit entfernt, in der man heimisch ist. Das müßte doch die Erholung geradezu verdoppeln.
Genau das hatten wir nun vor.
Wir wollten in die Bretagne fahren und uns, indem wir dort ein Rätsel aus dem Jahre 1797 zu lösen versuchten, gleich um zweihundert Jahre zurück in die Vergangenheit begeben, zwar nur in Gedanken, wer aber die Menschen kennt, wird zugestehen müssen, daß es nichts Wirklicheres gibt als die Gedanken. Der Sinn unserer Reise würde also eine wunderbare Erholung sein.

Als ich meiner Frau das alles in mindestens genauso vielen Worten erklärt hatte, meinte sie, da hätte ich ja wieder einen guten Grund gefunden, in die Bretagne zu reisen.
Aus der Erholung könne allerdings wohl nicht viel werden, wenn ich bei unseren Freunden nach einem Mörder suchen wolle, der längst gestorben und dazu noch nicht einmal ein Franzose gewesen sei. Die Franzosen seien schließlich nicht die Mörder, sondern die Ermordeten gewesen.
Aber das wisse ich ja alles selbst.
Nach einer Weile sagte sie: „Eine große Hilfe werde ich dir wohl nicht sein können. Ich fahre zwar auch ganz gerne in die Bretagne, aber in die Vergangenheit bin ich noch nicht gereist. Wenn du nur etwas hast, worüber du nachdenken kannst!“
Sie tut immer so, als ob das Nachdenken nur mein Vergnügen wäre, und als ob sie da nicht viel bewirken könnte. Ich habe aber den Eindruck, daß sie an meinen Gedankenabenteuern gerne teilnimmt, und weiß aus Erfahrung, wie sehr ich ihrer Hilfe bedarf.

Ich konnte sicher sein, daß sie mir helfen werde, und Hilfe war schon deshalb notwendig, weil meine Kenntnisse der französischen Sprache lediglich aus einem umfangreichen Wortsalat bestehen, in dem die verbindende Soße der Grammatik nur als kaum wahrnehmbare Spur vorhanden ist. Das reicht zwar, den Alltag zu bewältigen, die Regionalzeitung zu lesen und über die Vorzüge der französischen Küche zu sprechen, für die Suche nach einem Mörder im ausgehenden achtzehnten Jahrhundert aber ist es nicht genug.

Das bringt mich zurück zu den Aufgaben, die ich mir gestellt hatte.

Drei Fragen mußte ich beantworten:

- Wer hatte das Schröterseil angeschnitten? Wer also war schuld an dem Unfall? Hatte er auch das Boot angesägt?
- Warum hatte er das Seil angeschnitten und das Boot angesägt? Diese Frage konnte ich auch anders formulieren:
  Wer hatte ihn dazu angestiftet, das Seil anzuschneiden und das Boot anzusägen, und welchen Grund hatte der Anstifter gehabt? Das war aber nicht nur die Frage nach dem Motiv für den Mord, sondern auch die Frage nach der Methode.
  Wenn man Karls Bericht ernst nahm, mußte man doch berücksichtigen, daß es einfachere Methoden gegeben hätte, die Franzosen umzubringen.
- Warum hat Pater Anselm Karl gebeten, die Suche nach dem Mörder einzustellen?

Wahrscheinlich, dachte ich, könnte ich die Antworten auf alle diese Fragen leicht finden, wenn ich erst einmal eine davon richtig beantwortet hätte. Aber es schien mir müßig, nun darüber nachzudenken, welche der drei Fragen am einfachsten zu beantworten sei.

Meine Frau Marie-Luise, der Bequemlichkeit halber Ise genannt, hatte nach ein paar Tagen Karls Bericht gelesen.

„Weißt du eigentlich, wann Karl den Bericht geschrieben hat, und ob er ihn vielleicht nachträglich geändert hat?“

Das wußte ich nicht, ich hatte angenommen, er habe ihn während seiner Nachforschungen geschrieben. Das schien mir jetzt, da ich darauf hingewiesen wurde, nicht mehr so sicher. Er

konnte den Bericht jeweils nach einem Abschnitt seiner Nachforschungen geschrieben, nach der letzten Unterredung mit Pater Anselm fertiggestellt und die erste Seite erst dann hinzugefügt haben. Er konnte ihn aber auch ganz nach dem Gespräch mit Pater Anselm geschrieben haben. Die Handschrift bot keinen Anhaltspunkt. Das Schriftbild änderte sich zwar mehrfach, wie ich meinte, wechselnde Stimmungen des Schreibenden bekundend. Das war aber kein Hinweis; denn beim Abfassen eines so langen Berichtes kann sich die Stimmung des Schreibenden mehrfach ändern, auch wenn er den ganzen Bericht ohne Unterbrechung niederschreibt.
Ich sah sie fragend an.
„Du meinst, wenn er den ganzen Bericht nach dem Gespräch mit Anselm geschrieben habe, habe er wohl alles, was auf den Mörder hinweisen könnte, weggelassen?"
„Oder er hat, ganz im Gegenteil, in dem Bericht Spuren gelegt, die uns helfen, den Schuldigen zu finden, und so der Bitte des Paters entsprochen und zugleich doch nicht entsprochen!"
„Jetzt sagst du auch schon: den Schuldigen!"
„Ich meine, wir sollten uns nicht zu Anfang schon festlegen."
Sie überlegte.
„Vielleicht hat er auch falsche Spuren gelegt!"
„Wenn er keine Spuren hätte legen wollen, dann hätte er den Bericht gar nicht zu schreiben brauchen, oder den Bericht nach der Bitte des Paters verbrennen müssen.
Die vielen Einzelheiten im Bericht sprechen dafür, daß der Bericht zum größten Teil während Karls Nachforschungen geschrieben und nachträglich nicht mehr verändert wurde, denn Änderungen, also Ausstreichen und Hinzufügen, müßte man im Schriftbild erkennen. Davon habe ich aber nichts gesehen. Wenn er nachträglich Änderungen gemacht hätte, die nicht zu erkennen sein sollten, dann hätte er eine Abschrift machen müssen. Welchen Sinn sollte es aber haben, nachträgliche Änderungen unkenntlich zu machen? Sollte die in ihnen erkennbare Spur schwerer auffindbar sein?"
„Das bringt uns nicht weiter! Wir müssen einfach annehmen, daß der Bericht Spuren enthält, die uns zu dem Schuldigen führen können."

Später fragte sie, ob wir nicht doch zu weit von Karls Zeit entfernt seien? Ob wir wohl aus dieser Entfernung überhaupt noch etwas erkennen könnten? Den Einwand hatte ich erwartet, und ich erläuterte ihr, daß man aus der Entferung die Dinge viel nüchterner und objektiver betrachten könne, da ihr Bild nicht mehr durch der Parteien Haß verzerrt werde.
„Ja, ja, wenn du meinst!“, sagte sie da nur.

Als ich den Bericht Karls noch einmal durchging, dachte ich an Conrad Ferdinand Meyers[11] Ballade über die ‘Füße im Feuer’, die mit den Worten schließt ‘Mein ist die Rache, redet Gott’.
Es hat mich immer gestört, daß da nicht stand: ‘Die Rache ist mein, spricht der Herr’, so wie ich es gewohnt war. Vielleicht hat sich dieser Satz meinem Gedächtnis aber gerade deshalb so eingeprägt, weil mir die Formulierung ungewohnt war. Die Ballade erzählt davon, daß einer auf die Rache verzichtet, als der Mörder seiner Frau in seine Gewalt gerät.
Es war ein besonders abscheulicher Mord, dem eine Folter vorausging: ‘Zwei Füße zucken in der Glut ...’.
Aber das war viel früher, ‘auf einer Hugenottenjagd’, vielleicht zweihundert oder hundertfünfzig Jahre vor der Zeit Karls. Was könnte das mit dem mörderischen Faß und einem zerschnittenen Schröterseil zu tun haben?

X

St. Benoît und Fontevraud

Wir hatten beschlossen, auf unserer Reise in die Bretagne vom direkten Weg bei Chalons-sur-Marne nach Süden abzuweichen, über Troyes und Sens an die Loire zu fahren und in St. Benoît zum ersten Mal zu übernachten. Ganz in der Nähe der Benediktinerabtei, nur durch einen freien Brunnenplatz von dieser getrennt, lag das Hotel, das wir dazu ausersehen hatten, uns zu beherbergen.

Die Klosterkirche ist ein romanischer Bau, der, von außen gesehen, schwer auf der Erde lastet und richtig vierschrötig wirkt, im Inneren aber von einer emporstrebenden Geistigkeit geprägt ist, wie man sie in romanischen Kirchen nur selten findet. Der dicke, viereckige Turmklotz mit seinem pyramidenförmigen Dach, das von einem Rundtempelchen abgeschlossen wird wie von einer Pagode, ruht auf einer geräumigen Vorhalle, die, von mächtigen, parallel stehenden Säulen gebildet, einem heidnischen Tempel ähnlich wäre, wenn da nicht gestaltenreiche Kapitelle die Säulen abschlössen. Auf einem dieser Kapitelle liegen dichtgedrängt lauter Löwen, zwischen denen ein Daniel freundlich hervorschaut, jener Prophet Daniel, der unversehrt aus der Löwengrube hervorkam und später dem König Belsazar[12] in den Zeichen an der Wand das Urteil des göttlichen Gerichtes deutete. Auf einem anderen findet sich die Flucht nach Ägypten. Die Jungfrau mit dem Kinde sitzt auf einem fein gestriegelten Esel, und der Faltenwurf ihres Gewandes zeigt eine Ruhe, die mit der Flucht nur schwer in Einklang zu bringen ist.

„Wie sich Bild und Eindruck ändern, wenn man nur näher herangeht. Wer hätte in diesem plumpen Turm so feine Skulpturen vermutet!“, sagte ich.

Ise nickte nur.

In der Abendsonne gingen wir später, den kürzesten Weg wählend, zur Loire hinaus und sahen schon vom Hotel aus ein riesiges Sonnenblumenfeld, das sich nach dem Fluß zu

ausbreitete, zwischen dem Damm und dem Städtchen in einer flachen Mulde gelegen. Die Sonnenblumen standen in wohlgeordneten Reihen und hatten ihre goldenen Blütenräder weit geöffnet. Näher hinzutretend bemerkten wir plötzlich inmitten des Feldes auf mehreren der starken Stengel, die wir freilich nicht sehen konnten, da sie von anderen Stengeln und Blättern verdeckt waren, statt der Blütenräder Menschenköpfe aufgespießt, jedoch nicht bleich und tot, wie aus dem Korb unter der Guillotine gesammelt, sondern lebendig bewegt, besonders, wie uns schien, wenn der Wind vom Flusse herüber kam. So sahen sie mehr aus, als ob sie auf den Stengeln gewachsen wären, vielleicht ausgesät von einem Zauberer, der sich billig neue Dienstboten beschaffen wollte und schon mal mit den Köpfen begonnen hatte.
Wie anders sollten Menschenköpfe so lebendig mitten in ein Feld der Sonnenblumen kommen, da doch die Zeit der Ernte noch fern und Arbeit auf solchen Feldern nicht nötig war; denn niemand braucht Unkraut zu jäten zwischen den Sonnenblumen. Sie saugen schon selbst alle Nahrung so kräftig aus der guten Erde, daß anderen Pflanzen nichts übrig bleibt, als kümmerlich zu verwelken. Wer könnte auch in ein Sonnenblumenfeld eindringen, um dort eine Arbeit zu verrichten, ohne viele der Blumen umzutreten und zu zertrampeln?

Natürlich waren da keine Menschenblumen.
Es hatte nur aus einiger Entfernung so ausgesehen.
Da wir noch näher kamen, entdeckten wir einen schmalen Pfad, der mitten durch das Feld lief. Auf ihm hatten sich einige Einheimische zu einer kleinen Gruppe versammelt. Sie waren schon daran als Einheimische kenntlich, daß sie uns freundlich grüßten. Die Touristen, die als Fremdlinge im Städtchen und an der Loire herumlaufen, grüßen nicht. Sie gehen stumm an ihren Mitfremdlingen vorüber.
Ich denke mir, in diesem kleinen Städtchen, das rings um die Abtei entstanden ist, ist jeder jedem vertraut, und nur selten ändert sich etwas, und die fremden Touristen erscheinen im allseits Vertrauten den Einheimischen als das immer gleiche Unbekannte, in wechselnder Gestalt sich doch ähnlich, und so

schon fast bekannt und freundlich begrüßt. Weil die meisten von ihnen, erstaunt zwar, aber doch angerührt von der Freundlichkeit, die Grüße erwidern, werden die Einheimischen in ihrer Freundlichkeit bestärkt.
Die Fremden aber, denen in der zur freundlichen Einheit gefügten Umgebung die anderen Fremden noch fremder erscheinen als in einer befremdlichen Fremde, grüßen einander nicht. Sie gehen stumm und starren Blickes an ihren Mitfremdlingen vorüber, ohne auch nur mit dem Kopfe zu nicken oder zu lächeln, als gingen sie vorbei an Gespenstern oder Statuen.

„Menschenblumen! Meinst du eigentlich noch immer, man könnte die Dinge aus der Ferne besser beurteilen?", fragte Ise, als wir gemütlich auf einer Bank saßen und, über die Loire hinschauend, die Wasservögel beobachteten.
Ich glaube, das war gar keine Frage.
Eine Antwort gab ich nicht.

Karl habe den großen Nachteil gehabt, daß er die an der Geschichte beteiligten Franzosen nicht habe befragen können, sagte ich statt dessen. Das könnten wir zwar auch nicht, fuhr ich fort, ihren Einwand vorwegnehmend, aber wir hätten wenigstens die Möglichkeit, die von Franzosen möglicherweise auf unsere Zeit gekommenen Zeugnisse zu prüfen.
„Wenn es dir nur den Urlaub interessanter gestaltet!", seufzte sie da und bewog mich durch ihren Blick aufzustehen, um langsam zum Hotel zurückzuwandern.

Anderntags in der Frühe besuchten wir noch einmal in der Krypta den Schrein des heiligen Benedikt, der seit 672 in St. Benoît ruht. Seine Gebeine wurden aus den Ruinen des Klosters Monte Cassino dorthin gebracht und gaben der Abtei, die vordem Fleury hieß, ihren neuen Namen St. Benoît.
Ob ich mich der Hilfe des Heiligen versichert hatte?
Pater Anselm war schließlich auch ein Benediktiner. Ich habe wenigstens noch einmal im Römerbrief nachgelesen, in dem der heilige Paulus das Wort von der Rache des Herrn zitiert, und habe dort noch ein wenig weiter gelesen. 'Man soll das Böse mit

Gutem vergelten und so feurige Kohlen auf das Haupt des Feindes sammeln', steht da, und 'man soll das Böse mit Gutem überwinden'.
Das half mir nicht weiter. Ich hoffte, daß Pater Anselm noch einen anderen Grund gehabt hatte, Karl von seinen Nachforschungen abzubringen.

Am nächsten Tag besuchten wir das Gemüseschloß Villandry, dessen Gemüsebeete so bunt in verschiedenen geometrischen Figuren leuchten, daß man sich in eine Märchenwelt versetzt fühlt, in der alles Schöne auch eßbar ist.

Die Nacht verbrachten wir in einer anderen, riesigen Klosteranlage, in Fontevraud. Mönche sind dort nicht mehr. Die Priorei ist in ein Hotel verwandelt, und im Kreuzgang der Priorei, der zum Innenhof hin mit Glaswänden abgeschirmt ist, sind die Tische gedeckt für Mahlzeiten ganz besonderer Art. Die Speisen werden zusätzlich gewürzt durch die feine Umgebung.
In der Klosterkirche, einem romanischen Bauwerk, das wie die Kathedrale in Angoulême aus mehreren, aneinandergereihten Kuppeln besteht, liegt Richard I. Löwenherz, der König von England, begraben unter einem bunten Grabstein. Er wird wohl nicht zu Unrecht mit der Sage von Robin Hood in Verbindung gebracht, der eigentlich erst später gelebt haben soll; denn er galt als mutig, leidenschaftlich, großzügig und freigebig. Mit diesen Eigenschaften paßt er zu Robin Hood.
Wie angenehm sind doch die Helden, die mit ihrer Faust eine klare Gerechtigkeit üben, eine Gerechtigkeit, die dem oft langweiligen und mühsamen Recht, das man aus Büchern herauslesen muß, kühn gegenübertritt.
Neben Richard liegen sein Vater, Heinrich II. von England, seine Mutter, Eleonore von Aquitanien, und die Frau seines Bruders Johann ohne Land, Isabella von Angoulême.
Trotz der englischen Könige scheint mir Fontevraud doch eine besonders echte französische Abtei, da sie die schönste Küche hat, die ich jemals gesehen habe, ein rundes Küchenhaus mit einem spitzen, zeltartigen Dach, um das sich kleine runde

Küchen scharen, die ebenfalls zeltartige Dächer haben mit Schornsteinen wie Pagoden, denen man spitze Hüte aufgesetzt hat.

In Fontevraud sprachen wir nicht über Karls Bericht.
Wir saßen am Abend auf einer kleinen Anhöhe innerhalb des Klostergeländes und versuchten, uns das Leben zur Zeit der Plantagenets vorzustellen. Plantagenets, so werden die englischen Könige aus dem Hause Anjou genant, da sie die Nachkommen des Grafen Gottfried von Anjou sind, der einen Ginsterzweig, planta genista, als Helmzierde trug.
Wie nahe ist uns noch, was vergangen ist?
Ist uns das erst kürzlich Vergangene wirklich noch näher, oder ist alles, was vergangen ist, gleichweit von uns entfernt?
Die Toten kennen keine Zeit mehr, da sie sich nicht mehr verändern. Nur ihre Spuren können sich verändern, verblassen, aber manche Spuren verblassen schneller als andere. Von den Helden meiner Geschichte sind nicht einmal die Gräber geblieben, nur Karls Bericht hat ihre Spuren bewahrt.

Wir blieben, bis die Dunkelheit den holprigen Rückweg zu verdecken drohte. Dann gingen wir auf unser Zimmer und schlossen hinter uns die Tür.

XI

In der Bretagne

Am dritten Tage um die Mittagszeit erreichten wir Landerneau. Das Hotel, Clos du Pontic, liegt in der Stadt und doch nicht in der Stadt, denn es liegt mitten in einem von den Häusern der Stadt umringten Park an einem engen Hohlweg, der vom Fluß Elorn hinaufführt über die Hügel nach St. Urbain. Der Hohlweg ist eingegrenzt von hohen Mauern, und hinter diesen Mauern und hinter darüber aufragenden Kastanienbäumen liegt das Hotel wie auf einer Waldlichtung. Man muß quer durch Landerneau fahren, die große Brücke passieren, die westlich des Pont de Rohan steht, der die alten Brückenhäuser trägt. Dann muß man nach rechts, dann gleich nach links fahren, um den Hohlweg zu erreichen, der an seinem Ende wiederum links die Einfahrt zum Hotel offenhält.

Als alte Freunde des Hauses in des Wortes doppelter Bedeutung wurden wir freudig begrüßt. Mich stört der paradoxe Komparativ, der ein älteres Ehepaar jünger sein läßt als ein altes. So bleibe ich bei alt, da ältere Freunde wiederum älter sind als alte, der Komparativ also nicht immer paradox ist und somit letztlich nur Verwirrung stiftet.

In der großen Diele am hinteren Eingang des Hotels, der zu den Gästezimmern führt, finden sich zwei hohe Vitrinen, die den Raum in einen Flur und zwei Sitzecken teilen.

In mehreren Regalen übereinander stehen dort schwarze Frauenköpfe mit Hals und flachen Schulterteilen. Sie sind geschmückt mit Hauben aus allen Teilen der Bretagne, Spitzenhauben der verschiedensten Art, einige wie Vögel mit breiten und schmalen Schwingen, andere wie kleine Zelte, und wieder andere wie steile runde und eckige Türmchen, auf kleiner Grundfläche erbaut, oder wie Blüten, wie Bänder geringelt und gedreht...

Makellos weiß sind sie, gestärkt und kunstvoll gerichtet. Deshalb müssen die Köpfe schwarz sein. Auf weißen Köpfen könnte das Weiß der Hauben ihre vielfältigen Formen nicht so deutlich hervortreten lassen.

Frau Saoût, die Wirtin, sammelt neben Fayencen aus Quimper diese Hauben, die für die Trachten der Bretagne so charakteristisch sind. Sie sammelt auch Trachtenkleider und restauriert sie, wenn einzelne Teile nicht mehr gut erhalten sind, in stillen Stunden an der Rezeption. Im Hotel aber zeigt sie nur die Hauben.

Über unser Vorhaben hatten wir seit Fontevraud nicht mehr gesprochen. Wir hatten es auch bei der Anmeldung im Hotel und bei der Ankündigung unseres Besuches bei unseren Freunden nicht erwähnt. Wir hätten ihnen ja den ganzen Bericht Karls vortragen müssen, um zu erläutern, was wir wissen wollten.

Ich hatte mir überlegt, daß ich zunächst nur Jean Luc, dem Schwiegersohn unseres verstorbenen Freundes Rousselle, davon erzählen und ihn fragen wollte, ob er sich denken könne, welcher Bekannte seines Schwiegervaters wohl einen Vorfahren gehabt haben könnte, der im Rheingau gewesen sei und aus dem Rheingau berichtet habe.

Daneben wollte ich dem günstigen Zufall Möglichkeiten geben, sich zu ereignen; denn ich wußte nicht, wie meine Mordgeschichte anderswo aufgenommen würde.

Gleich am nächsten Morgen waren wir bei Jean Luc und seiner Frau, konnten aber nicht über Karl sprechen, da das Haus voll junger Leute war, ihren Söhnen und deren Freunden und Freundinnen. Wir wurden in die muntere Gesellschaft einbezogen und redeten bei allem mit, so gut es eben ging, bis einer auf das Jubiläum der Revolution zu sprechen kam, das vor ein paar Jahren gefeiert worden war.

Er pries die Feiern und meinte, es sei notwendig, das Andenken an die Revolution zu pflegen, die Europa und die Welt in einem modernen Geiste geprägt habe.

Ein anderer war damit nicht einverstanden. Weshalb man denn die Revolution feiern müsse, sie habe doch wirklich genug Unglück über die Menschen in Frankreich gebracht.

Er sagte das fast zornig, so daß sich der erste herausgefordert fühlen konnte.

Plötzlich waren alle still und sahen auf die beiden, und dann begann eine Wechselrede zwischen diesen beiden, die ich aufzeichnen will, so gut, wie ich sie verstehen und im Gedächtnis bewahren konnte.
„Die Revolution hat uns die Freiheit gebracht!"
„Wen meinst du mit 'uns'? Die vielen, die ermordet wurden, kannst du ja wohl nicht meinen. Denen hätte sie eine seltsame Freiheit gebracht!
Welche Freiheit hat sie gebracht?
Ist das nicht eine merkwürdige Freiheit, zu der die Menschen gezwungen werden müssen?"
„Wer hat denn angefangen mit dem Morden? Wie war das in Machecoul in der Vendée? Da haben die königstreuen Bauern aus der Umgebung die Stadt erobert und anschließend viele Leute umgebracht!"
„Das kannst du doch nicht ernst meinen.
Das war doch erst im März 1793. Vorher haben die Revolutionäre den König hingerichtet! Und die Septembermorde[13] in Paris? Die waren schon im Jahre 1792! Wer also hat mit den Morden begonnen?"
„Hundertfünfzig oder hundertsechzig Leute haben sie in Machecoul erschossen!"
„Willst du wirklich die Toten gegeneinander aufrechnen?
Das wäre nicht klug. Allein in der Vendée sind Tausende ermordet worden. In manchen Geschichtsbüchern wird das heute ziemlich objektiv dargestellt. Ich meine, ich hätte in einem dieser Bücher sogar von einem Genozid gelesen."
„Das ist sicher übertrieben."
„Und die Leute, die in Nantes ersäuft wurden?"
„Das war der grausame Carrier!"
„Le féroce Carrier!", sagte er.
„Das kannst du nicht auf diesen einen schieben. Barère hat im Konvent verlangt, daß die Vendée zerstört werden müsse. Wie der alte Cato in Rom verlangt hat, daß Kartago zerstört werden solle. Haben sie nicht alle zugestimmt?"
„Ich weiß nicht, wer da zugestimmt hat, aber willst du wirklich den dicken Ludwig und seine dumme, verwöhnte und leichtsinnige Königin verteidigen?"

„Das fragt ihr immer, wenn ihr nicht mehr weiter wißt. Woher weißt du, daß die Königin leichtsinnig war?"
„Leichtsinnig und herzlos. Da brauche ich nur daran zu denken, was sie gesagt hat, als sie hörte, daß arme Leute nicht genug Brot zu essen hätten.
'Dann sollen sie doch Kuchen essen!', hat sie gesagt!"
„Glaubst du das? Ich habe gerade vor kurzem bei einem englischen Historiker gelesen, daß diese Geschichte eine üble Verleumdung sei. Eine ganz andere Königin habe das gesagt und zwar viele Jahrzehnte früher, und in einer ganz anderen Situation habe diese Königin das gesagt. Dieser Satz war 1737 schon Rousseau[14] bekannt, da war Marie-Antoinette noch gar nicht geboren! Wir wissen doch heute, wie die Königin und der König damals verleumdet wurden. Sogar Blutschande hat man ihr vorgeworfen ..."
„Und warum hat sie sich nicht dagegen gewehrt? Warum hat sie nicht vor Gericht gegen diese Verleumdungen Klage erhoben?"
„Vor Gericht? Vor welchem Gericht? Welches Gericht hätte der Königin Recht gesprochen?
Hätten vielleicht auch die Leute vor Gericht gehen sollen, die von Turreaus Höllenkommandos verfolgt wurden? Wo gab es ein Gericht, an das sie sich hätten wenden können?"

Ich dachte an das, was Karl am Anfang seines Berichtes geschrieben hatte. Wo hätte man Richter finden können, die die Klagen der Verfolgten auch nur angehört hätten?

Am Nachmittag lagerten wir alle am Grève du Yelen, einem kleinen Strand in der Nähe von Daoulas, und ließen es uns wohl sein. Die Sonne stand an einem klargefegten Himmel und half uns, nach dem kühlen Bade einen Schnupfen zu vermeiden. Wir waren gleich nach dem Bade ein Stück auf dem Zollpfad gelaufen, der rings um die Küste führt, durch tiefe Schluchten, unter Kiefernbäumen, an den Felsen hin und über verborgene Strände, teils mühsam am Rand schwindelhoher Klippen und dann wieder bequem durch Gras und Kräuter am Ginster vorbei.

Später hatte ich Gelegenheit, Jean Luc von Karls Bericht zu erzählen und zu fragen, ob er einen von Herrn Rousselles Freunden kenne, der für meine Nachfragen in Frage kommen könne.
Er überlegte lange, dann schüttelte er den Kopf und meinte, das sei doch alles schon sehr lange her. Sein Schwiegervater habe einen solchen Freund niemals erwähnt, und im übrigen seien die meisten der Freunde des Schwiegervaters auch schon gestorben.
Auch seine Frau Marie Louise konnte sich nicht erinnern, schon einmal etwas von einem Freunde ihres Vaters gehört zu haben, der Briefe von einem Vorfahren gehabt hätte, die dieser als Soldat zur Zeit der Revolution aus dem Rheingau nach Hause geschrieben hätte.

Ich mußte dann noch einmal alles erzählen, was ich von den drei Franzosen wußte, die damals umgekommen waren. Ich erzählte auch, daß einer übrig geblieben sei. Der habe eine Frau aus dem Rheingau geheiratet und sei mit seiner Truppe schon bald darauf an einen anderen Ort verlegt worden. Das habe ihm vielleicht das Leben gerettet. Ich nannte auch die Namen und die Spitznamen der Franzosen. Die Lappen erwähnte ich nur so nebenbei, da ich nicht recht wußte, wie ich den Weg des roten Fadens im Gewebe beschreiben sollte, ob ich mich dabei mehr an Marias oder mehr an Karls Eindruck halten sollte.
Er fragte auch nicht danach.
Er fragte vielmehr, warum der eine dieser Franzosen, der Tuvois, der 'Bretone' genannt worden sei.
„Wohl weil er ein Bretone war“, antwortete ich. Ich wisse das aber nicht bestimmt. Nein, bestimmt wisse ich das nicht, es sei aber doch sehr wahrscheinlich.
Es müsse aber nicht so sein, sagte er nach einer Weile und sah mich zweifelnd an, als ob er noch etwas sagen wolle.
Dann brach er aber das Gespräch ab und zeigte mir auf den herumliegenden Steinen kleine versteinerte Pflanzen und Meerestiere.
Ich hatte den Eindruck, als hätte er mir nicht alles gesagt, was er wußte.

Noch am Abend rief er mich an im Hotel. Wir hatten uns gerade in eines der harmonischen Menus vertieft, die Herr Saoût zu bereiten versteht. Selten nur findet man die verschiedenen Gänge eines Mahles so klug zusammengefügt, daß sie in ihrer Verschiedenheit gerade noch zueinanderpassen und reizvoll ihre Gegensätze bewahren, ohne auseinanderzufallen. So entsteht während des Mahles eine Spannung, die den Genuß wundersam erhöht.
Jean Luc bat uns, am nächsten Tag zu kommen. Er habe nun doch eine Auskunft, die für uns interessant sein könnte.

Als wir am Morgen in sein Zimmer traten, fanden wir ihn, zurückgelehnt in einem Sessel sitzend, vor einem niedrigen Tisch, auf dem er eine Karte ausgebreitet hatte.
„Schon gestern,“, begann er, da wir uns sofort über die Karte beugten, „schon gestern fand ich, daß an deiner Geschichte etwas nicht stimmen könne. Da war etwas, was mir nicht zu passen schien.
Ich mußte mir aber zuerst Gewißheit verschaffen.“

Ich habe ihn immer sehr sorgfältig gefunden, fast sorgenfältig zu nennen. Wenn er eine Auskunft gibt, kann man sich darauf verlassen, daß er sie aus sicherem Wissen holt oder aber nachgeprüft hat. Nur ungern spricht er einen Verdacht aus oder begibt sich in den trügerischen Zauberwald der Spekulationen.
„Der Name paßt nicht!“, fuhr er fort.
„Tuvois ist kein bretonischer Name. Tuvois ist der Name eines Städtchens oder Dorfes in der Vendée! Ich glaube nicht, daß Tuvois ein Bretone war!“
„Er hieß aber Tuvois und wurde der Bretone genannt. So steht es mehrmals in dem Bericht Karls.“
„Das glaube ich dir. Aber sieh hier auf der Karte! Da liegt Tuvois! Das ist ein Städtchen ein ganzes Stück südlich von Nantes in der Vendée, gar nicht weit entfernt von Machecoul, von dem gestern die Rede war.“
„Das ergibt aber doch keinen Sinn!“, sagte Ise.
„Warum sollte er ‘der Bretone’ genannt werden, wenn er doch aus der Vendée kam?“

Darüber habe er sich schon Gedanken gemacht und habe auch ein paar Möglichkeiten gefunden, wie das gewesen sein könnte. Diese Möglichkeiten könne er uns offenbaren. Er tue das aber sehr ungern, weil er nicht recht wisse, wie man die Möglichkeiten als Hypothesen prüfen könne.
Er meine, es gebe drei Möglichkeiten, wie der Bretone zu seinem Beinamen gekommen sein könnte.

Er könnte sich selbst als Bretonen bezeichnet haben, ohne ein Bretone zu sein, weil er seine Herkunft habe verschweigen wollen. Er habe vielleicht gedacht, das sei günstig, wenn er mit seinen Kameraden in der Revolutionsarmee gut auskommen wollte. Warum er sich aber dann gerade als Bretone ausgegeben habe? Das sei unverständlich, weil die Bretonen ja auch nicht gerade als Liebhaber der Revolution aufgetreten seien.
Er könnte selbst in die Bretagne ausgewandert sein, oder von einem Mann aus der Vendée abstammen, der in die Bretagne ausgewandert sei.
Er könnte aber auch irgendetwas in der Bretagne getan haben, was ihm bei seinen Kameraden den Beinamen 'der Bretone' eingetragen hätte.
Nicht alle Leute in der Vendée seien der Revolution feindlich gewesen. Sonst hätten die Höllenkommandos des Generals Turreau keine 'Blauen', also keine Republikaner, finden können zum Umbringen; denn die hätten, wie man wisse, 'Weiße', also königstreue Leute, und 'Blaue' umgebracht.
Wenn wir uns nun überlegten, daß Tuvois so nahe bei Machecoul liege, dann könnten wir uns wohl vorstellen, daß dieser 'Bretone' vielleicht verwandtschaftliche oder sehr freundschaftliche Beziehungen zu Leuten in Machecoul gehabt habe. Vielleicht sei er sogar mit einem Mädchen aus Machecoul verlobt gewesen.
„Das ist aber reine Fantasie!" glaubte er hier dazusagen zu müssen.
Wenn nun diese Leute in Machecoul Republikaner gewesen seien, dann seien sie vielleicht unter den von den Bauern bei der Eroberung von Machecoul umgebrachten Leuten gewesen. Da seien auch Frauen ermordet worden.

Übrigens seien nicht nur Bauern bei den königstreuen Kämpfern der Vendée gewesen. Dieser Eindruck werde zuweilen fälschlich hervorgerufen. Auch Handwerker und vor allem die Weber aus den Manufakturen von Cholet seien für die alte Ordnung eingetreten.

Wenn aber in Machecoul ein Mensch ermordet worden sei, der dem Tuvois nahegestanden habe, dann sei es doch durchaus denkbar, daß dieser sich den republikanischen Truppen angeschlossen habe und auch in der Bretagne gekämpft habe, vielleicht auf der Halbinsel Quiberon. Vielleicht habe er sich dort ausgezeichnet und sei deshalb der Bretone genannt worden.

Jean Luc sagte dann noch, er habe sich auch überlegt, was der Bretone mit Pater Anselm gehabt haben könnte. Es sei denkbar, daß er als Katholik, bei den republikanischen Truppen kämpfend, ein schlechtes Gewissen gehabt habe und den Pater Anselm...

Er fuhr sich über die Stirn und meinte, das sei doch ganz schlimm mit mir, jetzt hätte ich ihn fast dazu gebracht, einen ganzen Roman zu erfinden.

Um zu zeigen, wie schwierig das alles sei, wolle er mir aber noch eine andere Möglichkeit schildern.

Es gebe einen Wind, der „Galerne" genannt werde, nach diesem Wind sei der Zug einer großen Schar von Vendéeleuten benannt worden, der in der Richtung dieses Windes im Oktober 1793 bei Saint-Florent-le-Vieil die Loire überschritten habe und über Laval, Dol und Avranches bis nach Granville gelangt sei, um dort die Engländer zu treffen.

Das seien sechzig- bis hunderttausend Menschen, Männer, Frauen und Kinder gewesen.

„Der Zug ist gescheitert. Die Engländer waren nicht da. Die Leute aus der Vendée mußten zurück und wurden schließlich, ständig verfolgt von republikanischen Truppen, bei Savenay, westlich von Nantes, gestellt und aufgerieben.

Auf diesem Zuge sind sicher nicht alle umgekommen. Manchen wird es gelungen sein, den Republikanern zu entkommen und sich in der Bretagne in Sicherheit zu bringen. Vielleicht war dein Bretone einer dieser Leute. Wie er dann aber zur republikanischen Armee gestoßen sein soll, das weiß ich nicht.

Nein, das ist sehr unwahrscheinlich!
Freilich…"
„Was freilich?", fragte ich, als er schwieg.
„Ich hätte schon wieder beinahe angefangen, einen Roman zu spinnen.
Das will ich nicht. Ich will dir nur zeigen, was du vielleicht erforschen müßtest, wenn du überhaupt so an dem Bretonen interessiert bist. Schließlich ist er ja, wenn ich dich recht verstanden habe, einer von denen, die ermordet werden sollten, einer von den Weinräubern.
Vielleicht solltest du das gar nicht so betonen, wenn du dich hier erkundigst, denn wer will unter seinen Ahnen schon einen Weinräuber haben, wenn ich auch zugeben muß, daß ich euren Riesling sehr gern trinke, und mir gut vorstellen kann, wie leicht man als Soldat bei kargem Sold auf die Idee kommen kann, sich den Riesling mit ein wenig Anstrengung umsonst zu verschaffen."
Er schmunzelte.
„Aber welcher Franzose wird schon geneigt sein einzugestehen, daß es sich lohne, für einen deutschen Wein Anstrengungen auf sich zu nehmen, auch wenn es ein Riesling ist?"
Nun hatte er wieder den Weinraub in den Mittelpunkt gerückt, mit dem doch die ganze Geschichte angefangen hatte.
Dabei beließen wir es.

Ob wir in unseren Nachforschungen nun einen Schritt weitergekommen waren oder ein paar Schritte vom Wege abgeirrt waren?
Das mußte sich zeigen.
Marie Louise kam und brachte, da es noch früh am Tag war, Kaffee, Hörnchen, Butter und Marmelade, aus 'Reines-Claudes' bereitet, die mag Ise besonders gern.

XII

Coiffes, Châles et Tabliers[15]

Am Sonntagmorgen fuhren wir zur Messe in die Benediktinerabtei Landevenec.

Gegen 11 Uhr waren wir am Grève du Yelen. Der Strand war diesmal groß und ziemlich leer, wie oft an Sonntagvormittagen, auch bei gutem Wetter. Das Wasser war in der Ebbe weit zurückgewichen. Draußen bei den Booten vergnügte sich ein einsamer Surfbrettfahrer, der seine Kunst noch nicht beherrschte und wie ein ungeübter Reiter einmal rechts und einmal links von seinem Pferde fiel. So bot er ein vielfach bewegtes Bild.
In den Felsen, die aus dem Wasser hervorgetreten waren, waren Muschelkratzer am Werk, gebückte Gestalten mit kleinen Behältern, die mit krallenbewehrten Stöckchen die Algen beiseite schoben, um in den Ritzen zwischen den Felsen nach den 'escargots de mer' zu suchen. Ob sie wohl in der Lage waren, die richtigen Meeresschnecken von den 'Parisiens' zu unterscheiden?

Marie Louise hatte uns beigebracht, die kleinen, schwarzen, spitzen Schnecken, die Meeresschnecken, von den kleinen, ähnlich, aber anders schwarzen, stumpfen Schnecken zu trennen, die von den Bretonen 'Parisiens' genannt werden, weil sie von den mit dem Meeresgetier nicht vertrauten Parisern fälschlich für die wohlschmeckenden Meeresschnecken gehalten und gesammelt und wohl auch verzehrt werden. In den sechziger Jahren, als Marie Louise uns das erzählte, kamen die Touristen noch überwiegend aus Paris. Heute wäre vielleicht ein anderer Name erfunden worden.

Nach dem Bade sagte ich zu Ise, wir müßten in unserem Mordfall nun wahrscheinlich auch beginnen zu schaben und zu suchen wie die Muschelkratzer. Da meinte sie, ob ich denn an gar nichts anderes denken könne.

Im Hotel trafen wir auf Frau Saoût, die gerade aus ihrem Wagen stieg. Sie sei in Lampaul-Plouarzel, einem Ort westlich von Brest gewesen. Dort sei heute am Sonntagnachmittag eine Ausstellung bretonischer Trachten. Vor allem Hauben, Umschlagtücher und Zierschürzen seien in einer großen Halle ausgebreitet. Manche der ausgestellten Stücke seien schon sehr alt. Man könne sie wohl historisch nennen. Sie habe einen Teil ihrer eigenen Sammlung beigesteuert. Ihre Ausstellungsstücke seien allerdings überwiegend neueren Datums.
Während sie noch redete, kam mir der Gedanke, daß sich vielleicht bei diesen Trachtensammlern dem 'günstigen Zufall' eine Möglichkeit eröffnen könnte; denn, so überlegte ich, diese Trachten stammten ja offenbar auch aus längst vergangenen Zeiten. Leute, die sie sammelten, könnten sich wohl dafür interessieren, wer sie getragen habe. Welche Leute das gewesen seien, und wie sie gelebt hätten? Sie könnten sich für Geschichten aus früheren Zeiten interessieren, Geschichten, die nicht in den Werken der Historiker stehen. Vielleicht wären unter diesen Sammlern Heimatforscher, deren Interesse bis in Karls Zeit zurückreichte.

Bei den Trachtensammlern wollte ich mich umtun und sehen, ob ich etwas fände, was mich zu dem 'Bretonen' führen könnte. Wenn auch sein Name in die Vendée wies, so schien mir sein Spitzname doch die Gewähr dafür zu bieten, daß in der Bretagne eine Spur von ihm zu finden sein müsse.
Natürlich verstärkten diese Gedanken mein Interesse an den Umschlagtüchern und Schürzen und ihren farbigen Perlen und keltischen Mustern, und ich war sogleich bereit, diese Ausstellung zu besuchen. Ich zeigte eine Begeisterung, die Ise für solche Dinge bei mir nicht vermutet hatte. Sie schaute mich ganz erstaunt an, sagte aber nichts.
So fuhren wir also nach Lampaul-Plouarzel.

Viel schwarzes Tuch hat sich meiner Erinnerung dort eingeprägt, das aber reich bestickt war mit bunten Perlen, und viele weiße Hauben, die nun ganz anders wirkten, da sie auf Kleiderpuppen aufgesteckt waren.

Ich dachte an die Trachten, die ich schon in anderen Ländern gesehen hatte. Alle sind verschieden, und alle sind sich ähnlich, und wir finden in ihnen eine Welt, die wir nur von außen bestaunen können, ohne sie wirklich zu verstehen; denn viele Einzelheiten haben eine Bedeutung, die dem Fremden verschlossen bleibt, die aber der Einheimische mitsieht, wenn er die Tracht sieht, meist ohne daß ihm das richtig bewußt wird. Ich erinnerte mich an das schwarze Tuch, das ich an der Tracht meiner Cousine im Pustertal gesehen hatte. Es bekundet heute noch die Trauer über den Tod Andreas Hofers. Eine Bedeutung haben auch die verschiedenen Muster in den irischen Pullovern. Jede Insel hat ihr eigenes Muster, so kann man bei den Leichen ertrunkener Fischer aus dem Muster ihrer Pullover ablesen, von welcher Insel sie kommen.
In einer solchen Trachtenausstellung kann man spüren, wie fremd eine Welt noch ist, die nach vielen Besuchen doch schon so vertraut schien. Wir waren schon oft in der Bretagne gewesen, aber von der Bedeutung der Trachten wußten wir nichts. Leider fanden wir niemand, mit dem wir ein Gespräch hätten anknüpfen können. Der 'günstige Zufall' ereignete sich nicht.

Als wir zuückkamen meinte Frau Saoût, wenn uns die Ausstellung gefallen hätte, so hätte sie noch eine besondere Empfehlung für uns. Wir sollten doch das Erdbeermuseum in Plougastel-Daoulas besuchen, da fänden wir neben viel Wissenswertem über die verschiedenen Erdbeersorten und den Anbau der Erdbeeren in einem der hinteren Räume auch eine Zusammenstellung bretonischer Trachten aus früheren Zeiten. Kleiderpuppen ständen da in langen Vitrinen, nach Herkunft und Zeit geordnet.
Das Erdbeermuseum sei in der Nähe der Kirche gelegen. Die Kirche sei uns ja sicher bekannt, da wir in früheren Jahren, wie sie wisse, den Kalvarienberg vor der Kirche bereits mehrmals besucht hätten.
Die Trachten dort reichten zwar nicht zurück bis in das Mordjahr 1797, aber doch fast so weit. Wenn ich mich recht erinnere, ich habe versäumt, mir die Zeit zu notieren, stammte das älteste

Kostüm aus dem Jahre 1820. Das verstärkte meine Hoffnung, bei den Trachtensammlern eine nützliche Auskunft bekommen zu können, wenn wir nur mit ihnen ins Gespräch kommen könnten.

An einem der nächsten Tage beim Abendessen, das von Frau Saoût immer mit sorgendem Blick überwacht wird, damit es auch keinem der Gäste an etwas fehle, kamen wir wieder auf die Trachten zu sprechen. Sie knüpft zwischen den Gängen des Mahles immer geschickt kleine Gespräche mit den Gästen an, sie nach ihren Erfahrungen fragend und sie zugleich beratend, welche Orte sie in der Bretagne noch besuchen könnten.
Meine Frage nach den Leuten, die diese historischen Trachten sammelten, beantwortete sie mit dem Hinweis, sie kenne einen besonders eifrigen Sammler so gut, daß sie uns bei ihm einführen könne. Das sei ein interessanter Mann, der sehr viel Zeit auf seine Trachten verwende.
Er habe überwiegend historische Trachten.
Manchmal habe sie den Eindruck, er lebe mehr in der Vergangenheit als in unserer Zeit. Mit der Begeisterung für seine Trachten könne er Freunden und Besuchern fast lästig werden; denn wenn er einmal angefangen habe, darüber zu sprechen, höre er so schnell nicht wieder auf. Fragen dürfe man ihn zu diesen Dingen nichts; denn eine Frage löse so etwas wie eine Antwortlawine aus, aus der man sich nur sehr schwer wieder befreien könne. Er bemerke dann auch nicht, ob seine Ausführungen erwünscht oder unerwünscht seien. Sie müsse uns also warnen...
Da wurde sie an einen anderen Tisch gebeten, um Neulinge, die, wie wir später erfuhren, den weiten Weg aus Sachsen nicht gescheut hatten, in die Kunst des Krabbenessens einzuweihen. Sie waren zum Vergnügen des jungen Obers mit den Krabbenbeinen nicht zurecht gekommen, hatten den Nußknacker, der am Tellerrand lag, unschlüssig hin- und hergewendet und vergeblich auf dem Teller nach Nüssen gesucht. Dann hatten sie sich in ihr Schicksal ergeben und nur ein wenig von der Mayonnaise gekostet, die ihnen am leichtesten zugänglich schien.

Ein mitleidiger Mensch am Nebentisch hatte Frau Saoût auf die Kümmernisse ihrer Gäste hingewiesen.
Über den kleinen Ober kam später draußen vor der Tür ein Standgericht, das sicher dazu angetan war, ihm solche Vergnügungen nicht mehr verlockend erscheinen zu lassen.

Etwas wolle sie uns noch sagen, meinte sie, als sie ihre Krabbenessenlehrstunde abgeschlossen hatte. Ihr Bekannter, sein Name sei übrigens Tanguy – hatte ich wirklich gehofft, er hieße Touvois? – ihr Bekannter also habe nur Kostüme aus seiner eigenen Familie. Er habe die Trachtensammlung von seinen Vorfahren übernommen und betreibe sie wie eine Ahnenforschung, vielleicht mehr noch wie eine Ahnenverehrung.
Er wisse natürlich von jeder Haube zu sagen, welche Großtante sie in welcher Zeit getragen und wem vererbt habe, und wie sie schließlich in seine Sammlung geraten sei. Natürlich wisse er auch, mit wem diese Großtante oder Urgroßtante oder Ururgroßtante oder mit noch mehr 'ur' ausgerüstete Großtante verheiratet gewesen sei, und welche Leistungen dieser Ehemann vollbracht habe. Er beherberge mehrere verzweigte Stammbäume in seinem Kopf und wisse über alle beredt zu berichten. Wenn wir nicht zeitweilig unsere Ohren fest verschlössen, werde er versuchen, die stattlichsten Zweige dieser Bäume in unseren Köpfen unterzubringen. Das könne sich unserem geistigen Wohlbefinden als abträglich erweisen.
Wenn wir ihm trotzdem einen Besuch machen wollten, schlüge sie uns vor, am nächsten Sonntagnachmittag zu ihm hinzufahren. An Wochentagen habe er nur wenig Zeit, da er in Brest an einer Bank eine leitende Stelle innehabe und meist erst abends spät nach Hause komme. Am Samstag erhole er sich, und Sonntags sei er dann bereit, Gäste zu empfangen und mit seinen Ahnen zu beglücken.
Sie werde uns gerne dorthin begleiten.
Mich konnten die Warnungen nicht schrecken, da ich ohnehin nur die Hälfte dessen würde verstehen können, was er von sich geben würde. Wir beschlossen, daß sich Ise nicht zu sehr den Stammbäumen aussetzen solle und statt dessen die Kostüme betrachten und feststellen solle, ob sich dabei andere Gegen-

stände, Briefschatullen oder Bücher befänden, die für uns interessant sein könnten.

Es fiel mir zwar schwer, noch bis Sonntag zu warten. Ise aber meinte, es sei ganz gut, von den Nachforschungen einmal Abstand zu gewinnen und dann mit frischem Mut alles noch einmal neu zu durchdenken. Dann fänden wir am ehesten vielleicht noch etwas, was wir bisher übersehen hätten.

Die Woche verging uns am Strand und in den schwarzen Bergen.
Am Sonntagvormittag gingen wir zu dem großen Pardon[16] nach Loc Ildut, einer Kapelle auf den Feldern in der Nähe von Sizun. Während des ganzen Gottesdienstes, der im Freien stattfand mit mehreren Priestern, Orchester und Chor, Fahnen und Menschengedränge, regnete es unablässig. Nicht einzelne Tropfen, sondern richtige kleine Bäche kamen vom Himmel. Wir konnten uns mit unseren Schirmen notdürftig schützen, aber die armen Priester und Meßdiener und Musiker hatten nichts, womit sie dem Regen hätten wehren können. Sie taten das beste, was sie tun konnten, sie taten so, als gäbe es gar keinen Regen. Ich beobachtete, wie dem Dirigenten, als er die Arme hob, um das Zeichen zum Einsatz zu geben, der Regen in die nach oben geöffneten Rockärmel strömte und meinte auch sehen zu können, wie er nach einer Weile bei den Hosenbeinen wieder herauskam.
Wir hatten bei diesem Gottesdienst ein seltsames Erlebnis. Ein älterer Priester predigte in bretonischer Sprache, von der wir so gut wie nichts verstehen. Er predigte aber so lebendig und gestenreich, daß wir wie bei einem Pfingstwunder den Eindruck hatten, wir könnten alles verstehen, was er sagte. Vielleicht sollte ich eher schreiben, wir fühlten, was er sagte. Wir waren von dieser Predigt seltsam tief beeindruckt, mehr als von der darauffolgenden Predigt in französischer Sprache, von der wir ungleich mehr 'verstanden'.

Um die Mittagszeit hörte es auf zu regnen und die vielen Stände, die unweit der Kapelle am Wegesrand standen, wurden

geöffnet, die Bänke davor trocken gewischt, Fleisch gebraten und gegrillt, Flaschen geöffnet, Brot beigeschafft, und alle Leute drängten sich herzu, um nach den Mühen des geistigen Lebens nun dem Leib sein Recht werden zu lassen.
Alle Stände waren umlagert, nur ein Stand war leer bis auf einen jungen Mann, der darin auf Gäste wartete und sich schrecklich zu langweilen schien. Er trat von einem Bein auf's andere und schaute sehnsüchtig nach den anderen Ständen hin. Wir kamen näher und bemerkten dann ein Schild, das daraufhinwies, daß an diesem Stand alkoholfreie Getränke feilgeboten würden. Es tut mir jetzt noch leid, daß auch wir keine Lust verspürten, von seinen Getränken zu kosten. Vielleicht war ja der Regen schuld daran, der uns mit soviel alkoholfreier Flüssigkeit versorgt hatte.

Am Nachmittag fuhren wir über Guipavas und Gouesnou nach St. Renan. Das Haus des Herrn Tanguy liegt in der Nähe von St. Renan nicht weit von der Straße nach Brest entfernt an einem Seitenweg auf einem Wiesenhügel, der weiträumig von einer hohen Hecke umgeben ist. Die Terrasse an der Südseite des Hauses ist geschmückt mit Rosenbüschen und Hortensien, glutrot, blau und violett, Hortensien, wie ich sie bisher nur in der Bretagne gefunden habe.
Herr Tanguy sieht zunächst eher unscheinbar aus, ein wenig grau in grau gekleidet. Als er aber sprach und seine Augen von einem zum andern ganz schnell sich hin- und herwenden ließ, so daß er zugleich uns alle, jeden einzelnen und gar niemanden ansah, wirkte er sehr lebhaft, und ich dachte, daß man wohl leicht den Fehler machen könne, ihn zu unterschätzen, solange er nur still dastand.
Er hieß uns willkommen und führte uns ohne viel Umstände in die geräumige Stube, die er den Trachten reserviert hatte. Die Stube war mit bretonischen Möbeln eingerichtet, einem hohen Schrank, auf dessen oberem Regal Teller aus der Fayence Quimper so aufgestellt waren, daß man ihre farbigen Muster betrachten konnte, einem dunklen Tisch mit einer langen Holzbank, Stühlen und sogar einem 'lit clos', einem Schrankbett. Diese Betten sind wie tiefe Schränke, in die statt der

Regale ein zweischläfriges Bett eingebaut ist. Nach der Stube hin kann das Bett durch Schiebetürchen verschlossen werden. Der Raum schien belebt von mehreren altertümlich gekleideten Leuten, die auf der Bank saßen oder am Schrank lehnten und vor dem offenen Kamin standen. Es waren aber Puppen, die da lebensnah aufgestellt waren. Herr Tanguy wußte ihre Namen, Namen seiner Vorfahren, und stellte sie uns vor, als ob er uns lebende Menschen vorstellte, nur daß er viel mehr über sie berichtete, als man gemeinhin bei einer Vorstellung von jemandem preisgibt.

Ise war zum Schrank getreten und besah sich die Teller aus Quimper, und ich bemerkte, wie Herr Tanguy bedauerte, nicht auch noch die Teller erläutern zu können in der selben Zeit, in der er mir und Frau Saoût die Vorfahren vorstellte.
Er erklärte uns, er wechsele oft seine Puppenmannschaft und lasse so durchs Jahr hindurch Vorfahren aus allen Zeiten, aus denen er Trachten besitze, in diesem Raum auftreten.
Da rief Ise, ich solle doch schnell einmal zum Schrank kommen und zeigt mir dort eine Holzschachtel, die, mit einem Glasdeckel verschlossen, so hingestellt war wie die Teller. Man konnte das Innere der Schachtel ganz überschauen und fand dort ein Buch, ein Tuch, und einige Orden.
„Die Orden,“, sagte er stolz und offenbar froh darüber, daß er nicht selbst auf die Schachtel hatte aufmerksam machen müssen, „die Orden haben wir von einem Vorfahren geerbt, der sie sich bei Kämpfen im Dienste des Kaisers, ich meine Napoleon, erworben hat.“

Großzügig öffnete er die Schachtel, entnahm ihr das Buch und hielt es hoch.
„Das ist die alte Familienbibel. Sie kommt aus der Familie einer meiner Urgroßmütter. Darin findet sich auch eine merkwürdige Schrift, die sie vielleicht interessieren könnte. Sie ist schwer zu lesen, und was die Worte bedeuten, haben wir uns noch nicht ganz erschließen können.
Es sind deutsche Worte!“
Er schlug das Buch auf.

„Ja," sagte ich, „solche Schriften kenne ich. Das ist eine Handschrift aus dem ausgehenden achtzehnten Jahrhundert. Ich habe viele solcher Schriften gesehen, als ich Briefe aus dem Rheingau las, die an die Hofkammer in Mainz geschrieben worden waren."

Ich fühlte, daß er erschrak.

Er zog das Buch zurück, so daß ich die Schrift nicht mehr zu sehen vermochte.

Wie ich denn an solche Briefe geraten sei, wollte er wissen.

Im Rheingau hätte ich Kopien der Briefe gesehen, die mein Sohn aus dem Archiv in Wiesbaden geholt habe. Wir wohnten im Rheingau und der Rheingau liege ganz nahe bei Mainz und sei früher ein Teil des erzbischöflichen Gebietes gewesen. Ich sagte das, so gut ich eben vermochte.

Noch während ich redete, schlug er das Buch zu und murmelte etwas von unangebrachter Neugierde und meinte, er habe heute doch nicht soviel Zeit, wie er gedacht habe, als er mit Frau Saoût den Termin abgesprochen habe. Er müsse noch einmal nach Brest fahren. Dann schob er uns, mit vielen Komplimenten zwar, aber doch zielstrebig, aus der Stube und aus dem Haus.

Er könne nicht sagen, ob er in den nächsten Wochen noch einmal Zeit haben werde, uns zu empfangen. Wir hätten ja wohl auch alles gesehen, was in seinem Hause zu sehen sei.

Frau Saoût war sehr erstaunt.

Am Abend fragte Ise beim Essen im Hotel, ob ich mir das Tuch hätte ansehen können, das in der Schachtel gelegen habe und wohl so etwas wie ein Familienheiligtum gewesen sei?

„Ich habe es gesehen. Ein weißes Tuch war es, in der Mitte des Tuches war ein rotes Herz und auf dem roten Herzen stand ein rotes Kreuz."

„Darunter war geschrieben: 'Dieu – Le Roi', also 'Gott – Der König' oder 'Gott und der König'."

„Denk' an die Lappen, die bei den Leichen gefunden wurden!", fuhr sie nach einer Weile fort. „Der rote Faden könnte nach der ziemlich ungenauen Schilderung Karls eine Umrißzeichnung des Herzens und des Kreuzes sein – Pik und Coeur hat er geschrieben. Es fehlt nur die Schrift: Dieu – Le Roi."

Frau Saoût war zu uns gekommen und hatte Ises letzte Worte gehört.
„Das ist die Devise der königstreuen Leute der Vendée gewesen!“, sagte sie. „Das Tuch in der Schachtel war ein mouchoir de Cholet, ein Schnupftuch von Cholet. Das hat während der Vendéekriege eine große Rolle gespielt. Die Marquise de La Rochejaquelein[17] hat erzählt, ihr Verwandter Henry de La Rochejaquelein habe das Tuch bei der Armee der Vendée eingeführt. Er habe ein solches Tuch am Hals getragen und am Gürtel für die Pistolen. Die Blauen, die Republikaner also, hätten das bemerkt und hätten während eines Gefechtes gerufen: ‘Schießt auf das rote Tuch!’ Am Abend hätten die Offiziere dann gebeten, Henry möge seine Kleidung ändern. Der aber hätte die Kleidung bequem gefunden und sie nicht aufgeben wollen. Daraufhin hätten die Offiziere den Entschluß gefaßt, alle ebenfalls Tücher mit dem großen roten Herzen und dem Kreuz zu tragen, damit für ihren Anführer aus diesem Eigensinn keine besondere Gefahr erwüchse. Die Schnupftücher von Cholet seien schließlich in der Armee Mode geworden. Wenn wir mehr darüber wissen wollten, sollten wir nach Cholet fahren, da befinde sich ein historisches Museum, in dem wir sicher eine Menge über die Kriege in der Vendée und das Schnupftuch erfahren könnten.
Dann sah sie uns an und überlegte.
Sie zog einen Stuhl herbei und setzte sich zu uns an den Tisch. Das macht sie sonst nie, da sie immer alle Gäste im Auge zu behalten versucht, auch wenn sie sich gerade einmal einem Tische besonders zuwendet.
Ob uns nicht aufgefallen sei, wie kühl Herr Tanguy plötzlich gewesen sei. Man könnte es fast unfreundlich nennen. Das sei ihr sehr unangenehm, da sie uns doch zu ihm gebracht hätte. Sie hätte auch noch nie erlebt, daß er jemanden so unfreundlich behandelt habe.

Als wir schwiegen, fuhr sie fort, sie könne sich nicht denken, was ihn zu diesem seltsamen Verhalten veranlaßt hätte. Es sei ihr allerdings aufgefallen, daß es etwas mit der Familienbibel zu tun gehabt haben müsse.

Ich hätte da etwas von Briefen gesagt und von Handschriften und hätte auch den Rheingau und die Stadt Mainz erwähnt. Irgendetwas dabei müsse ihn sehr aufgeregt haben. Sie wisse zwar, wie sehr er sich für seine Vorfahren begeistern könne, aber daß das solche Formen annehmen könne, hätte sie nicht gedacht.
Besonders stolz sei er auf den Vorfahren, der unter Napoleon gedient und die Auszeichnungen erworben habe. Sie nehme an, das Schnupftuch und die Bibel stammten auch von diesem Vorfahren, da sie gemeinsam mit den Orden in der Schachtel gelegen hätten. Wenn man sich nämlich auf eines verlassen könne bei Herrn Tanguy, dann darauf, daß bei ihm alles wohlgeordnet sei. Dinge, die nicht zueinander paßten, lege er nicht in dieselbe Schachtel.

Sie sah auf den Tisch und bewegte gedankenverloren einen Löffel.
Mit der Schachtel müsse es eine besondere Bewandtnis haben; denn sie habe bemerkt, daß diese Schachtel immer auf dem Schrank zu sehen sei, während die Trachten zu verschiedenen Zeiten wechselten. Vielleicht zeige das aber auch nur, wie wichtig Herrn Tanguy dieser Vorfahr sei.
Ich fragte sie, ob sie wisse, daß die Mainzer in der Vendée gekämpft hätten?
Sie verneinte und sah mich ungläubig an.
Da erzählte ich ihr von der Eroberung der Stadt Mainz durch Custine und von der Rückeroberung der Stadt durch die Preußen und Österreicher und von der Kapitulation der französischen Truppen, und wie diese Truppen dann in die Vendée gekommen seien und dort einfach 'die Mainzer' genannt worden seien.
Sie überlegte: „Ob ihn deshalb die Erwähnung der Stadt Mainz so aufgeregt hat?
Ob er sich so in seinen Vorfahren hineingedacht hat?
Ob er vielleicht sie beide mit diesen Mainzern in Verbindung bringt?
Das kann er aber doch nicht. Das waren doch französische Truppen, die die Mainzer genannt wurden."

Ich wußte keine Antwort.
Wir beschlossen, am nächsten Tag nach Cholet fahren.
Vielleicht könnten wir dort etwas erfahren, das uns weiterhelfen werde.

In unserem Zimmer sprachen wir dann darüber, daß wir nun wüßten, was die Lappen, die bei den Leichen gefunden worden waren, zu bedeuten hätten.
Aber wußten wir das wirklich?
Als ich später die Augen schloß, um einzuschlafen, sah ich ganz viele Schnupftücher von Cholet vor mir und dachte, das könne doch gar nicht sein.

XIII

Cholet

„Warum fahren wir eigentlich nach Cholet?
Ich habe ja nichts dagegen, im Urlaub auch mal eine kleinere Fahrt in die Umgebung des Urlaubsortes zu machen, um dort eine angenehme Landschaft zu genießen, den Ausblick von den Felsen des Roc Trévezel oder die bunten Hänge über dem Meer am Cap de la Chèvre, oder eine kunstvoll ausgemalte Kirche zu besuchen wie etwa die in Kernascléden, aber Cholet?
Das ist ja auch nicht mehr die nähere Umgebung. Wenn wir dort wirklich das Museum besuchen wollen, müssen wir recht früh wegfahren.
Was wollen wir eigentlich im Museum besichtigen?
Was erwartest du, im Museum zu erfahren, was du nicht schon weißt? Das Rätsel der Lappen haben wir doch jetzt aufgelöst. Es hat uns auch nicht weitergebracht. Es hat die ganze Geschichte höchstens noch rätselhafter gemacht. Wahrscheinlich haben die Lappen mit der Mordgeschichte gar nichts zu tun.
Was sollen diese Revolutionssoldaten mit einem Abzeichen ihrer Feinde anfangen?
Zudem waren es gar keine richtigen Schnupftücher aus Cholet. Herz und Kreuz waren doch bestenfalls angedeutet. An die Schnupftücher erinnert nur das weiße Tuch und darauf das Rot des Fadens, der in etwas zweifelhafter Form ein Herz und vielleicht auch ein Kreuz skizziert zu haben scheint.
Das war also gar nicht das richtige Abzeichen der Vendée-Armee.
Sonst hätte man sich wohl denken können, das seien Trophäen gewesen, die sie ermordeten Feinden abgenommen und mit sich geschleppt hätten. Jeder hatte aber nur einen Lappen, und diese Kerle haben doch sicher mehr als einen Feind umgebracht!“

Sonst rede ich meistens mehr als Ise.
Diesmal war es umgekehrt. Sie war nicht zufrieden damit, daß

wir nach Cholet fuhren, und wäre wohl lieber an einen Strand gefahren, um dort schwimmen zu gehen und danach noch etwas zu besichtigen.
Wir entdecken auch nach den vielen Jahren in der Bretagne immer noch Dinge, die wir bisher nicht gesehen haben, und schauen uns anderes gerne immer wieder an, weil man sich die Gebilde der Kunst nur dann zu eigen machen kann, wenn man sie mehrmals sieht. Wer sich nur einmal etwas ansieht, der hat es nicht gesehen; denn schon bald verblaßt es in seiner Erinnerung zu einem bedeutungslosen Schatten, der mit anderen ebenso bedeutungslosen Schatten in einer Nebelwelt haust.

„Ich weiß auch nicht, was wir dort entdecken könnten. Aber ich sagte dir schon, eine unserer Chancen, die Mordgeschichte aufzuklären, besteht darin, dem günstigen Zufall eine Möglichkeit einzuräumen, sich zu ereignen!“
„Aha!“ brummte sie, „Und du meinst, er könnte sich in Cholet ereignen?“
„Vielleicht haben wir bisher etwas übersehen. Ich überlege, ob wir nicht ganz zu Anfang eine Annahme gemacht haben, die falsch war, vielleicht nicht ganz falsch, aber auch nicht ganz richtig. Vielleicht hat auch Karl in seiner Aufregung wegen Maria und seiner ‘Hochzeitsrede’ etwas übersehen.
Ich denke oft daran, daß Pater Anselm, wie Karl berichtet, nicht von einem Mörder, sondern von dem Schuldigen gesprochen hat. Vielleicht messe ich dem eine zu große Bedeutung zu. Was sollen diese Ereignisse gewesen sein, wenn sie keine Unfälle und auch keine Morde waren? Schließlich waren die Spannten im Boot angesägt und das Seil angeschnitten…“

Bei Nieselregen und Nebel waren wir abgefahren. Während der Fahrt versuchte die Sonne einige Male, die Wolken zu durchbrechen, gab das aber bald ganz auf, und als wir in Nantes ankamen, zerbrachen die Wolken in Finsternis. Ein Gewitter kam über uns, wie ich es selten erlebt habe. Die Blitze folgten so schnell aufeinander, daß sie schließlich wie Feuersäulen rings um uns her zu stehen schienen.
Dazu regnete es.

Es sah aus, als ob das Wasser einfach nur aus dem Himmel fiele. Der Regen stand so hoch auf der Straße, daß man in normalen Schuhen schnell nasse Füße bekommen hätte. Die Scheibenwischer wischten nicht mehr, sie rührten nur noch im Wasser. Ein Parkplatz war nicht zu entdecken. So mußte ich ganz langsam fahren.
In Cholet haben wir uns dann zuerst einmal verfahren, bis wir das Hotel fanden.
In der Stadt ist kaum ein altes Gebäude stehen geblieben. Mit viel Geld hat man eine Fußgängerzone gebaut, durch die aber die Autos auf glatten Platten langsam hindurchfahren. Die Kirche Notre Dame wurde 1894 in neugotischem Stil errichtet.

Das Musée d'Art et d'Histoire ist in modernen Räumen großzügig untergebracht. In einem runden Tempel stehen die Generäle der Vendée, auf riesigen Gemälden abgebildet. Schlachten sind aufgebaut, sorfältig mit kleinen Figuren, Mann und Roß und Wagen und die Kanonen natürlich und die zerschossenen Häuser, ganz klein und niedlich und ungefährlich. Ein marmorner Bonchamps bittet für die gefangenen Feinde, und auf kleinen Stichen in einer Ecke ersäuft 'le féroce' Carrier noch einmal die unglücklichen Priester und Bürger von Nantes.
Der üble Turreau freut sich auf einem Bilde seiner Untaten, die aber nur unter vielem anderen in der Bildunterschrift zu lesen sind. Wenn man diese nicht sorgfältig liest, erfährt man nichts von seinen 'Colonnes Infernales'. In einem dunklen Winkel brennt einsam eine Kapelle, auf einem Bilde, das man suchen muß.
Der Schädel von Stofflet darf bewundert werden. Stofflet war einer der bedeutendsten Generäle der Vendée. Am 25. September 1796 wurde er in Angers hingerichtet.
Aber alles das ist so tot wie die Gegenstände eben sind, die in Museen ausgestellt werden.
Lebendig dagegen ist ein Riesengemälde, das herrlich ausgeleuchtet in einer breiten Nische etwas tiefer steht als der übrige Fußboden, von dem zu dem Gemälde eine schiefe Ebene hinunterführt.

Da spritzt förmlich das Blut, und die unglücklichen Revolutionäre liegen tot am Boden oder winden sich halb aufrecht in ihren Qualen. Vollbusige Frauen, halbentblößte, liegen da in ihrem Blute, während reichgekleidete Damen und Herren herankommen und das mörderische Geschehen sensationslüstern und lüstern betrachten.
Das ist das Massaker von Machecoul, und es zeigt dem Besucher des Museums die ganze Verderbtheit der königstreuen Feinde der Revolution.
Sie weiden sich am Unglück ihrer Feinde.
Ich hatte den Eindruck, daß man in diesem Museum die Untaten der Revolutionäre suchen müsse, während die Untaten der Leute der Vendée so geschickt in diesem einen Bilde inszeniert seien, daß sie sich jedem Besucher ins Gedächtnis eingraben müßten.
Das schien mir nicht sehr objektiv zu sein, und ich ärgerte mich.
Am Abend war der Himmel klar, und die späte Sonne lockte uns vor das Hotel. Wir gingen auch noch ein Stück durch die Stadt. Aber der Außenbezirk, in dem sich das Hotel befand, war noch weniger einladend als die Innenstadt. Wir hatten dort übrigens versucht, in einem Spezialgeschäft ein 'Mouchoir de Cholet' zu kaufen.
Es war uns nicht gelungen.
Wir hatten zwar viele Schnupftücher in Schaufenstern liegen sehen, aber sie waren nicht schlicht und stark, sondern zierlich verfremdet und verspielt, und zwischen Herz und Kreuz hatte sich eine Krone eingeschlichen. Das Herz befand sich auch nicht in der Mitte des Tuches, wo es hingehört, sondern es war in eine Ecke gerückt. Es war auch nicht groß, sondern klein und nicht ein Herz, das für Gott und den König schlug, sondern, wohl dem Zeitgeist zuliebe, in zwei Herzen zerfallen, die sich verliebt ineinanderschlangen.
Das Kreuz aber war zu einem Bestandteil der Krone verkommen und leicht ganz zu übersehen.
Wenn wir nur diese verfälschten Schnupftücher gesehen hätten, dann hätten wir die Verbindung zu Karls Bericht wahrscheinlich gar nicht erkennen können.

Wir waren jetzt doch überzeugt, daß in Karls Bericht auf Tücher hingewiesen wurde, die, wenn auch sehr unvollkommen, den Schnupftüchern nachgemacht waren, die wir im Museum auf den Portraits der Generäle, zum Beispiel des berühmten Louis de Lescure[18], und in der Schachtel des Herrn Tanguy gesehen hatten.

„Dieser Tanguy könnte für uns sehr interessant sein. Tanguy ist zwar, soweit ich weiß, ein ganz bretonischer Name, aber die Schachtel kommt, wie er gesagt hat, von einer Urgroßmutter. Die könnte doch Tuvois geheißen haben.
Wir hätten ihn nach dem Namen dieses napoleonischen Helden fragen sollen."

„Und was haben wir nun erfahren, das wir nicht bereits wußten?", fragte mich Ise, als wir zum Hotel zurückgingen.
„Ich weiß nicht recht.
Vielleicht haben wir erfahren, wie erfolgreich damals schon die Propaganda gegen die Vendée gewesen ist, wenn sie bis heute in dem Museum noch nachwirkt.
In der Schrift des Museums über die Kriege in der Vendée habe ich den Satz gefunden, in diesem Krieg habe alle Propaganda, die den Gegner herabgesetzt habe, den anderen rehabilitiert.
Ich glaube nicht, daß in dieser Atmosphäre Gerechtigkeit möglich war und fürchte, es fällt sogar heute noch schwer, gerecht zu sein."

XIV

„Du fährst zu schnell!“

Wir fuhren auf demselben Weg, den wir gekommen waren, zurück nach Landerneau, über Nantes, Vannes, Lorient und Quimper.

„Wenn das nicht doch ein Irrweg war.“
Ise sah mich erstaunt an.
„Vom Wein, ich meine vom Weinraub hat er uns ja nun weit weggeführt. Wahrscheinlich wäre es viel wichtiger gewesen, Mittel und Wege zu ersinnen, des Herrn Tanguy noch einmal habhaft zu werden.
Wir hätten seine Bibel betrachten müssen. In diese Hausbibeln wurden früher oft wichtige Ereignisse eingetragen.
Ich denke, in Tanguys Hausbibel müßte auch etwas zu lesen sein, was sich auf Mainz oder den Rheingau bezieht, warum sonst hätte er uns den Blick in die Bibel verwehren sollen?
Was ihm dieser Blick hätte schaden können, weiß ich allerdings nicht.
Ich habe auch schon gedacht, in der Bibel stände etwas, was für seinen Ahn, den herrlichen Helden, unvorteilhaft sei. Aber warum hat er sie dann überhaupt hergezeigt?
Vielleicht steht da auch etwas, was er selbst nicht entziffern kann, von dem er nur fürchtet, es könne unvorteilhaft sein.
Als ich dann sagte, diese Schriften seien mir vertraut, hat er schnell das Buch zugemacht.
Es könnte auch sein…“
„Da sieh nur, die Sonne kommt heraus, da können wir heute am Nachmittag noch an den Strand gehen!“
Wahrscheinlich hatte sie mir gar nicht mehr zugehört.

Die Schnellstraße von Nantes aus war ziemlich leer, Ise hatte den Sitz zurückgekippt und schien zu schlafen, ich dachte nach. Ich ärgerte mich über die Darstellung im Museum und, um in meinem Kopf ein Gegengewicht zu schaffen, versuchte ich, mir die Verbrechen der ‘Colonnes Infernales’ vorzustellen.

Ein friedliches Haus irgendwo in der Vendée. Die Leute, die dort wohnen, fühlen sich sicher, vielleicht sind sie sogar der Revolution zugeneigt. Da kommt ein kleiner Trupp Soldaten auf den Hof, bewaffnet mit Säbeln, Gewehren und Pistolen. Sie haben Säbel und Gewehre umgehängt, die Pistolen tragen sie in den Händen. Sie haben einen Strohwisch dabei auf einer Stange, den zünden sie an und halten ihn an das Dach der Scheuer. Das fängt sofort an zu brennen, da es sehr trocken ist. Zwei Männer sind vor dem Haus mit einer Arbeit beschäftigt. Sie stoßen Butter in einem langen, schmalen Faß. Der eine hält das Faß, der andere bewegt den Stößel. Sie haben keine Zeit, sich zu bewaffnen. Sie werden einfach erschossen. Die Soldaten haben keine Zeit, sich lange mit Reden aufzuhalten, sie müssen bald weiter zum nächsten Haus. Nur für die Frauen nehmen sie sich Zeit, aber nicht zum Reden. Das will ich mir lieber gar nicht vorstellen...Colonnes Infernales...
Die Soldaten ziehen weiter. Scheuer und Haus brennen. Nur Leichen bleiben zurück...
Colonnes Infernales...
Da setzte sich Ise mit einem Ruck auf. Sie hatte gar nicht geschlafen.
„Du fährst zu schnell!
Hast du nicht gesehen, daß hier eine Geschwindigkeitsbegrenzung ist?
Nicht mehr als 'Sechzig' darfst du hier fahren. Siehst du das Schild: 'Rappel 60'? Rappel soixante, denk an die Sechzig!"

Das war's.
Ise hatte es gesagt. Mit einem Mal wurde es mir klar.
„Rappel les Colonnes Infernales!" rief ich.
„Was hast du gesagt?"
„Rappel les Colonnes Infernales! Denk an die Höllenbanden! Das hat er gesagt, damals im Keller. Erinnere dich an das, was in Karls Bericht steht, was Oskar gesagt hat. Der Bretone hätte gerufen: 'Apfel und Kohlen sind all'. Der hat doch nicht Oskar zuliebe Deutsch gesprochen. Er konnte zwar sicher etwas Deutsch sprechen, aber er war aufgeregt, und in der Erregung hat er bestimmt nicht Deutsch gesprochen!

Der hat etwas Französisches gerufen!
Was könnte er gerufen haben?
'Rappel les Colonnes Infernales!', hat er gerufen. Oskar hat daraus Apfel oder gleich Äpfel und Kohlen gemacht. Das schien ihm in einem Keller nahezuliegen.
Der Bretone hat das dem Sterbenden zugerufen. Der sollte im Tode wissen, warum er getötet werde, warum er mit dem Tode bestraft werde. Karl hat das auch übersehen, genauso wie wir!

Das könnte die Lösung des Rätsels sein. Dann hätten wir allerdings gleich zu Anfang zwei Fehler gemacht, indem wir etwas als gegeben angenommen hätten, ohne zu prüfen, ob es wirklich gegeben war.
Wir wären uns zu sicher gewesen.
Das waren zwar Morde, aber es waren eben doch keine Morde, wenigstens der Mörder hat sie nicht als Morde aufgefaßt und Pater Anselm wohl auch nicht. Nur wie soll ich das beweisen? Wir können doch niemand mehr befragen. Die sind alle schon lange tot.
Tanguy wird nichts wissen oder? Vielleicht weiß er auch etwas, vielleicht steht ja etwas in seiner Bibel.
Du hast recht, wir müssen Mittel und Wege ersinnen, wie wir Herrn Tanguy bewegen können, uns die Bibel noch einmal zu zeigen..."
„Das hast du doch vorhin gesagt! Und wenn du meinst, ich hätte das jetzt verstanden, was du da entdeckt hast, dann hast du dich geirrt. Das mußt du mir noch einmal schön geordnet, etwas langsamer und ausführlicher erklären. Dein Gedankenblitz ist zu schnell an mir vorübergezuckt.
Du fährst übrigens immer noch zu schnell.
Also, es war ein Fehler, anzunehmen, der Mord, der kein Mord, aber wohl doch so etwas ähnliches wie ein Mord war, sei ein Mord gewesen.
Und welches war der zweite Fehler?"
Da habe ich ihr alles langsamer und ausführlicher erklärt.
Das klinge zwar abenteuerlich, könne aber so gewesen sein, meinte sie dann. Eine Bestätigung zu finden, sei schwer. Auch ihr fiele nichts besseres ein, als Herrn Tanguy zu bemühen.

Vielleicht wäre es möglich, ihn zu einem Aperitif ins Hotel einzuladen. Möglicherweise reue ihn ja nachträglich sein abweisendes Verhalten, und er sei deshalb eher bereit, einer Einladung zu folgen, zumal, wenn sie von Frau Saoût käme. Marie Louise und Jean Luc sollten wir auch einladen.
Ich solle dann erzählen, was ich herausgefunden hätte und wie ich mir die Lösung vorstelle. Das könne den Herrn Tanguy vielleicht so aufregen, daß er etwas sagen werde, was uns dann zu einer Bestätigung unserer Meinung verhelfen könnte.
Wir würden ja sehen.
Einen Fehler könnten wir damit nicht machen. Wenn Herr Tanguy stumm bliebe, sei auch nichts verloren, und wir hätten doch einen interessanten Nachmittag gehabt.
Ich wollte sie überreden, unsere Geschichte bei dem Aperitif zu erzählen, da das doch in französischer Sprache sein mußte.
„Nein, nein, das ist deine Geschichte!“, sagte sie da.
„Du kannst das ganz gut, du mußt es dir nur zutrauen.“

XV

Der Aperitif

Herr Tanguy kam tatsächlich. Er hatte seine Bibel mitgebracht. Frau Saoût hatte zu einem Aperitif gegen fünf Uhr am Nachmittag eingeladen.
Der Gästeraum war leer. Nur wir saßen an dem runden Tisch, von dem aus man einen schönen Blick auf die Kastanienbäume hat. Jean Luc saß mir schräg gegenüber. Neben ihm saß Marie Louise, neben dieser Herr Saoût, neben diesem Ise. Zu meiner Linken saß Frau Saoût. Herr Tanguy hatte sich in den Kreis nicht so recht eingereiht. Er saß zwischen Frau Saoût und Jean Luc halb zu einem Nebentisch gewendet, gespannt nach vorne gebeugt, auf einem Stuhl und hielt die Bibel auf seinen Knien. Er hielt sie mit beiden Händen fest, als ob er fürchte, plötzlich aufspringen und wegeilen zu müssen.

Herr Saoût hatte einen detektivischen Aperitif bereitet. Es gab Champagner mit kleinen, rätselhaften Leckereien, wirklich lauter Kleinigkeiten, gefüllte Austern, Fischwürfel in Teigmäntelchen und ganz mürbe, fein auf der Zunge zergehende Käseplätzchen. Es gab gerade soviele, daß sie sich nicht als Gewichte an den Geist hängen konnten, der sich, vom Champagner beflügelt, herrlich erheben sollte.
Das detektivische an den Speisen war, daß Herr Saoût ihre Geheimnisse nicht preisgab. Jeder sollte selbst entdecken, welcher Fisch in den Teigmäntelchen verborgen war, und welcher Käse den Plätzchen ihren Wohlgeschmack gab und, höchste Kunst, welche Füllung die Austern mit dem Champagner so angenehm vermählte.

Ich erzählte zunächst, welches Anliegen wir diesmal mit in die Bretagne gebracht hätten, und berichtete ausführlich, was ich über den Tod auf der Kellertreppe wußte. Ich sprach von dem angeschnittenen Seil, und daß es so angeschnitten gewesen wäre, daß es nicht sofort, aber schon bald hätte reißen müssen, und daß die Zeit, zu der es hätte reißen müssen, nicht genau

bestimmbar gewesen wäre, daß aber die Wahrscheinlichkeit, von dem Faß zermalmt zu werden, für Tuvois, den sie den Bretonen genannt hätten, etwa genauso groß gewesen wäre, wie für den Clabaud, den es dann wirklich getroffen hätte.
Daß es vier Franzosen gewesen wären, die den Faßraub veranlaßt hatten, sagte ich, und daß diese schon mehrere Raubzüge in Rheingauer Kellern durchgeführt gehabt hätten. Bei den früheren Raubzügen wären immer die beiden anderen Franzosen im Keller gewesen, um das Faß zu schieben. Dieses eine Mal aber wären Tuvois und Clabaud in den Keller gegangen. Den Weinhändler erwähnte ich und die Weinschröter, besonders den Schrötermeister, dessen Name Kufenholz wäre, und dessen Tochter den Tuvois geheiratet hätte.
Ich erläuterte auch, warum der Weinhändler und die Schröter verdächtig seien und kam dann auf die Winzer zu sprechen, die ebenfalls verdächtig seien. Dann fügte ich noch hinzu, warum Oskar und Pater Anselm nicht verdächtig seien.

„Viele sind verdächtig, aber bei allen sehe ich ein Problem. Ich finde den Mord zu kompliziert und zu unsicher. Das Seil hätte zu früh oder auch gar nicht reißen können. Der Mord war doch so unsicher, daß man nun gar nicht mehr genau sagen kann, wen er eigentlich treffen sollte, den Tuvois oder den Clabaud. Wenn man nicht glauben will, daß es dem Mörder ganz gleich war, wen das Faß zerquetschte, dann muß das doch auffallen. Ganz gleich kann es aber selbst den Winzern nicht gewesen sein, denn soviel ist mir aus Karls Bericht deutlich geworden: Clabaud war der wichtigste dieser vier, und wenn einer alle vier hätte beiseite schaffen wollen, hätte er, so meine ich, mit diesem beginnen müssen.
Auch der Bootsunfall war kompliziert und unsicher. Alle drei Bootsfahrer hätten sich durch Schwimmen retten können, oder auch der Bretone hätte ertrinken können, oder nur der Bretone hätte ertrinken können, oder alle drei hätten ertrinken können. Es hätte viele andere, wesentlich sicherere Methoden gegeben, diese vier umzubringen. Die sind doch offenbar oft des Nachts betrunken zu ihrem Boot gegangen, allein und ohne Hilfstruppen. Da hätten die Winzer sie doch nacheinander

erschlagen oder erschießen können, ohne daß viel Hoffnung bestanden hätte, der Mörder habhaft zu werden.
Bei den Leichen wurden Lappen oder Tücher gefunden, die den Schnupftüchern von Cholet ähnlich waren, wie sie damals von den Offizieren der Armee der Vendée an der Uniform getragen wurden. Mit einem roten Faden war der Umriß eines Herzens mit einem Kreuz auf die Tücher gestickt. Karl hat nicht gewußt, was diese Tücher bedeuteten. Auch wir wußten es nicht, bis wir das Tuch in der Schachtel sahen, in der Herr Tanguy seine Familienbibel aufbewahrt."
Ich schaute ihn an, aber er hielt seine Augen gesenkt. Mir schien nur, als hätte er sich ein wenig fester auf seinen Stuhl gesetzt. Die Bibel hatte er auf den Tisch gelegt, neben dem er saß.
„Jean Luc hatte uns schon früher gesagt, daß Tuvois kein bretonischer Name sei, sondern ein Name aus der Vendée. So war es einfach, die Tücher bei den Leichen, wenn auch ihre Beschreibung etwas ungenau war und den Schnupftüchern aus Cholet nicht ganz entsprach, mit dem Tuch bei Herrn Tanguy in Verbindung zu bringen."
Jean Luc nickte und nahm einen Schluck Champagner.
„Wir haben bei unserer Nachforschung genauso wie Karl zwei Fehler gemacht. Wir haben angenommen, es handele sich bei beiden Unfällen um gewöhnliche Mordtaten, und, unser zweiter Fehler, wir haben angenommen, daß einer, der selbst gefährdet gewesen sei, an diesen Mordtaten nicht schuld sein könnte, da es ja doch absurd sei, sich bei einem Mord in solcher Weise selbst in Gefahr zu bringen."
Herr Tanguy hatte seine Bibel wieder auf die Knie gelegt und war auf dem Stuhl nach vorne gerutscht.

„Wir hatten deshalb den Bretonen, den Tuvois, nicht verdächtigt.
Wenn wir ihn nun aber in die Reihe der Verdächtigen einbeziehen, dann sehen wir sofort, daß er ein vielversprechender Verdächtiger ist.
Er kann ein Motiv gehabt haben, das stärker war als die Motive aller anderen. Wenn er aus der Vendée kam, dann könnten alle

seine Angehörigen von den Colonnes Infernales des Generals Turreau umgebracht worden sein. Er könnte vielleicht etwas zu spät dazu gekommen sein und, hinter einer Hecke verborgen, die Mörder noch gesehen haben. Die Mörder könnten sehr gut der Clabaud und seine Kumpane gewesen sein. Die waren doch 'Mainzer' und sind mit den anderen 'Mainzern' in der Vendée eingesetzt worden. Sie hätten danach als richtiges Raubgesindel doch wunderbar zu den Höllenbanden des Turreau gepaßt.
Tuvois aber hat nicht zu ihnen gepaßt, das zeigen sein eigenes Verhalten, indem er offenbar immer eine gewisse Distanz zu ihnen hielt, seine treue Freundschaft zu der Tochter des Kufenholz und auch das Verhalten Pater Anselms.
Der zweite Verdachtsgrund ergibt sich daraus, daß er etwas unternommen hat, um den Tod des Clabaud, seines gefährlichsten Feindes, durch das Faß zu fördern. Er ist gegen seine Gewohnheit mit dem Clabaud in den Keller gegangen und hat diesen, nachdem zuerst er selbst eine Weile gedrückt hatte, veranlaßt, hinter das Faß zu gehen.
Als drittes ist zu bedenken, daß er die Gelegenheit hatte, das Seil in aller Ruhe anzuschneiden, da er mit der Tochter des Schrötermeisters befreundet war, die ihm leicht zu den Schrotwerkzeugen Zugang verschaffen konnte.
Als letztes will ich erwähnen, daß er die Beziehung zur Vendée hatte, die ihn veranlaßte, diese flüchtigen Nachahmungen des Schnupftuches von Cholet zu den Leichen zu legen. Das sollte ein Zeichen sein, ein Hinweis wohl auf den Grund ihres Todes. Eines richtigen Schnupftuches waren sie ihm nicht würdig erschienen. Ein richtiges Schnupftuch hinzulegen, wäre für ihn auch zu gefährlich gewesen.
Und noch etwas, was mir besonders wichtig erscheint, er hat dem sterbenden Clabaud zugerufen, er solle sich an die Colonnes Infernales erinnern. Rappel les Colonnes Infernales!"
Herr Tanguy hatte sich jetzt doch entschlossen, bei uns zu bleiben. Er hatte die Bibel auf den Tisch gelegt, an dem wir saßen und sah mich gespannt an.
„Aber", fuhr ich fort, „auch für ihn gilt, was für alle anderen gilt: Die Mordmethoden sind zu kompliziert und zu unsicher.

Das gilt“ – und hier machte ich eine Pause – „das gilt nicht, wenn er sie gar nicht ermorden wollte, wenn er zwar ihren Tod wollte, sie aber nicht ermorden wollte. Ist es aber überhaupt möglich, eines Menschen Tod zu wollen und seinen Tod herbeizuführen, ohne ihn zu ermorden?
Ich habe lange überlegt, welche andere Möglichkeit er hatte, den Tod der drei zu bewirken, und bin dann auf den Gedanken gekommen, der mir richtig zu sein scheint, und ich bitte Sie alle, mir zu sagen, ob Sie diesem Gedanken zustimmen.
Ich denke, Tuvois wollte die drei Übeltäter nicht einfach umbringen, er wollte ein Gottesurteil herbeiführen, und deshalb wählte er die komplizierten und uns so unsicher erscheinenden Methoden. Bei einem Gottesurteil war es nötig, daß er auch eine erhebliche Selbstgefährdung in Kauf nähme.
Gott sollte entscheiden, ob er den Tod verdient hätte, weil er den Mördern den Tod wünschte, oder ob die Mörder seiner Familie den Tod verdient hätten.
Darum hat er die mörderischen Situationen so eingerichtet, daß der Tod auch ihn selbst hätte ereilen können. Er hätte von dem Faß zerquetscht werden können und genauso gut auch ertrinken können wie die anderen, wenn das Seil früher gerissen und das Boot später auseinandergebrochen wäre, näher an der starken Strömung bei Bingen. Die anderen, die guten Schwimmer, hätten dann sogar eine bessere Chance gehabt als er. Ich glaube nicht, daß er die Wirkung des Alkohols in Rechnung gestellt hat. Wer tut das schon, wenn er den anderen nicht gerade torkeln sieht?“

Keiner sagte etwas.
„Ich habe mir auch überlegt, was er sonst hätte tun können, um eine gerechte Strafe für die Mörder zu erlangen.
Wo hätte er einen Anwalt finden können, der sich nicht davor gefürchtet hätte, seine Sache zu vertreten?
Wo gab es ein Gericht, das seine Klage auch nur angenommen hätte?
Wo gab es ein Gericht, dem er hätte vertrauen können? Er mußte doch annehmen, daß alle Gerichte mit Freunden der Revolution besetzt seien.

Wie aber hätte er anders Recht erlangen können?
Es gab für ihn nur die Verheißung Gottes, daß er selbst die Rache übernehmen werde.
Auf diese Verheißung wollte er sich verlassen!“
Ich hielt für einen Augenblick inne und sagte dann leise, dabei Herrn Tanguy ansehend:
„Oder hätte er nichts tun sollen? Hätte er die Mörder ungestraft lassen sollen?“
Herr Tanguy war zuletzt immer unruhiger geworden. Jetzt sprang er auf.
„Nein!“, rief er laut, ehe noch die anderen etwas sagen konnten.
„Er durfte die Mörder nicht ungestraft lassen!“
Er kam zu mir und gab mir die Hand.
„Ich danke ihnen dafür,“, sagte er dann,“daß sie diese unglückliche Geschichte aufgeklärt haben.
Mein Vorfahr, der unter Napoleon zum Helden wurde, hieß Tuvois, Henry Tuvois, und ich bin mir nun sicher, daß er dieser Tuvois ist, der da im Rheingau war. Er hat seine Frau aus dem Rheingau mitgebracht, und sie hatte den etwas schwer aussprechbaren Namen Kufenholz.
In der Familie gibt es eine lange Tradition, die besagt, es sei damals Schreckliches geschehen. Die Familie eines Vorfahren sei in der Vendée ausgerottet worden. Gott aber habe die Ermordeten gerächt.
Wir sollten das aber als Geheimnis bewahren, und der Vorfahr, den es betroffen habe, habe Zeit seines Lebens irgendeine Entdeckung befürchtet.
So bin ich auch selbst erschrocken, als ich ihnen die Bibel zeigte und dann hörte, daß sie aus dem Rheingau kämen, und ich fürchtete, das Geheimnis verraten zu haben, obwohl ich sie nur kurz in die Bibel hatte schauen lassen, und die handschriftlichen Worte nur wenig offenbaren.“

Er öffnete die Bibel und zeigte mir die bekannte Stelle im Römerbrief, wo es heißt: „Mea est ultio! Die Rache ist mein!“. Ich hatte bisher immer von dieser Stelle an weitergelesen. Er aber deutete auf die Verse vor den Worten ‘die Rache ist mein’.

Da standen in lateinischer Sprache die Worte 'date locum irae', 'gebet dem Zorne Raum'. Der Zorn Gottes ist gemeint.
Er sagte: „Mein Vorfahr hatte als Kind Unterricht in lateinischer Sprache. Diese Bibel hat ihm ein Priester geschenkt, der sich lange versteckt halten konnte und die Revolution vielleicht sogar überlebt hat.“ Dann zeigte er uns allen die Seite, die er mir gezeigt hatte, und erklärte, neben der Stelle, die den Zorn Gottes betreffe, stehe in einer Handschrift aus dem ausgehenden achtzehnten Jahrhundert auf Deutsch 'wir haben dem Zorne Gottes Raum gegeben'. Er las den deutschen Satz vor.
Dann wiederholte er die beiden Sätze noch einmal in französischer Sprache und schaute die anderen an.
„Was soll das anderes bedeuten als daß meine Vorfahren, Henry Tuvois und seine deutsche Frau, Hanna Kufenholz, diese mörderischen Situationen herbeiführten, um dem Zorne Gottes Raum zu schaffen.“

Keiner wollte etwas einwenden.
Es wollte wohl auch keiner an diese Bibelstelle rühren oder über die Zweckmäßigkeit von Gottesurteilen diskutieren. Ich dachte an Heinrich von Kleists Novelle 'Der Zweikampf', in der es, wenn ich mich richtig erinnere, heißt, daß im Gottesurteil die Wahrheit nur dann offenbar werde, wenn es Gott gefalle. Dabei fiel mir auf, daß Tuvois ein Gottesurteil in einem ganz anderen Sinne auf sich und seine Feinde herabgerufen hatte. Da ging es nicht um die Wahrheit wie bei Kleist, sondern um die Strafe.

Schließlich brach Marie Louise den Bann, indem sie sich an Herrn Saoût wandte und anfing, die Rätsel des Aperitifs zu lösen. Ich glaube, wir waren ihr alle dankbar.
So wurde es trotz der ernsten Geschichte noch ein vergnüglicher Nachmittag, an dem, wie Goethe gesagt hätte, des Champagners nicht geschont wurde.

Am Abend fragte mich Ise, jetzt müßten wir nur noch darüber sprechen, warum Pater Anselm Karl gebeten habe, seine Nachforschungen einzustellen.

Da fragte ich zurück, was sie wohl getan hätte, wenn sie das Ergebnis der Nachforschungen gekannt hätte? Wir müßten doch annehmen, daß Pater Anselm gewußt hätte, wer die Todesfälle verursacht hatte.
„Aber er wußte doch auch, daß Gottes Wort nicht so gedeutet werden kann, wie der Bretone das getan hat! 'Gebt Raum dem Zorne' und 'mein ist die Rache', das heißt doch, daß man auf Gott und sein Gericht vertrauen solle und nicht selbst etwas tun soll. Die haben das doch ganz falsch verstanden... und dann hat Anselm sie auch noch getraut. Damit zeigt er doch, daß er mit ihnen einverstanden war!"
„Zeigt er das wirklich?
Überlege, was geschehen wäre, wenn Karl weitergeforscht und die Wahrheit entdeckt und öffentlich bekannt gemacht hätte. Der Bretone hätte mit Sicherheit keine gerechten Richter gefunden. Da hätte das Todesurteil schon festgestanden, bevor noch eine Anklage erhoben worden wäre. Das wäre dann nach dem ersten Unrecht, den Morden in der Vendée, und dem zweiten Unrecht, dem erzwungenen Gottesurteil, das dritte Unrecht gewesen, nämlich ein ungerechtes Urteil... und die Heirat? Wenn er schon die beiden nicht angezeigt hat, hätte er ihnen dann die Heirat verweigern sollen?"
Sie sah mich lange an, dann sagte sie: „Wahrscheinlich hätte ich genauso gehandelt wie Pater Anselm aber..."

Anmerkungen zum geschichtlichen Hintergrund

Der Beruf des Schröters

Im vierten historischen Kriminalroman von Eberhard Kunkel gibt ein Unfall mit Todesfolge, der beim „Schroten" eines Weinfasses passiert, Karl Rätsel auf…

Jahrhundertelang haben die Schröter mit ihrer Muskelkraft die großen Weinfässer, leer oder gefüllt, in die Weinkeller hinein und hinaus befördert, oder die schweren Fässer im Keller selbst hin und her transportiert. Denkt man an den Transport von Fässern, darf man nicht glauben, die Schröter hätten die Fässer einfach rollen können, und das Schroten sei im Grunde genommen eine einfache Tätigkeit gewesen. Der Transport von großen, hölzernen Weinfässern war eine komplizierte Arbeit, vor allem, wenn diese Fässer gefüllt waren und, je nach Faßgröße, mehr als eine Tonne wogen.

Zwei Gründe sorgten dafür, daß der Beruf des Schröters heute ausgestorben ist.

Zum einen natürlich die Erfindung der Pumpe, mit der heutzutage Wein „geschrotet" wird, und zum anderen der seit dem Ende des 18. Jahrhunderts zunehmende Flaschenweinverkauf bei gleichzeitiger Abnahme des Faßweinverkaufs.

Aus vielen Weinbaugegenden oder aus Städten, auf deren Märkten mit Wein gehandelt wurde, sind uns Verordnungen überliefert, die die Tätigkeiten der Weinschröter regeln.

Die einzelnen Vorschriften legen die einzelnen Arbeitsschritte beim Schroten fest und bestimmen die Rechte und die Pflichten der Schröter und ihrer Geschäftspartner.

Die Schröter waren zumeist selbst Winzer oder Küfer. Bei der Arbeit mit den Fässern war es auch erforderlich, daß sich ein Schröter mit den Besonderheiten eines Fasses auskannte und über die Grundkenntnisse des Küferhandwerkes verfügte, um beurteilen zu können, ob ein Faß transportfähig sei.

Bei der Arbeit des Schrotens, vor allem beim Ablauf der einzelnen Arbeitsschritte, gab es in den einzelnen deutschen Weinbaugegenden lokale Unterschiede, die sich vereinzelt auch zu Bräuchen entwickelten. In ihren Zünften und Bruderschaften, zu denen sich die Schröter zusammenschlossen, wurden solche Bräuche gepflegt und auch weitergegeben.

Man kann nicht verbindlich sagen, ob sich die harte und auch gefährliche Arbeit des Schrotens für einen Schröter gelohnt hat, zu unterschiedlich sind in den verschiedenen deutschen Weinbaugebieten und zu den verschiedenen Zeiten die Löhne für den Schrotdienst und auch die Art und Weise der Entlohnung. Ein Gradmesser für eine angemessene Entlohnung des Schrotens ist sicherlich die Beliebtheit dieser Tätigkeit. So gab es Orte, an denen man unter vielen Bewerbern für ein Schröteramt auswählen konnte und andere, an denen die Behörden Gemeindemitglieder als Schröter zwangsverpflichten mußten.

In vielen Weinbauorten war das Schröteramt überhaupt ein gemeindliches Amt, und die Schröter mußten von der jeweiligen Ortsbehörde selbst bestellt werden.

Die Schröter-Verordnung des Herzogtums Nassau aus dem Jahre 1819 bestimmt in §2:

„Der Schultheiß und das ganze Feldgericht in einer jeden Gemeinde, haben die Schröter aus den dazu geeigneten Ortseinwohnern auszuwählen. – Sind diese oder einige derselben nicht geneigt, freiwillig dieses Geschäft zu übernehmen, so entscheidet unter ihnen das Loos, wer von ihnen dazu verbunden sey. Die auf diese Art bestellten Schröter sind bei Herzoglichem Amte zu verpflichten, und aus denselben jedesmal zwei Schrötermeister, ein älterer und ein jüngerer zu wählen."

Wie wurde ein Faß geschrotet ?

Die Aufgabe eines Schrötermeisters war es, den kompletten Arbeitsgang, den sogenannten „Schrot", vorzubereiten und zu leiten. Zuerst sah sich der Schrötermeister in dem Keller um, in den er das Faß hinein- oder aus dem er es hinausbefördern sollte. Dann inspizierte er das Faß und, wenn er sich sicher war, daß er es schroten könne, machte er durch das Auflegen seiner Hand auf das Faß deutlich, daß er jetzt mit seiner Arbeit beginnen und zugleich auch das Risiko für den Transport des Fasses übernehmen wolle.

Für einen Schrot waren, je nach Größe des Fasses, sechs bis zehn Schröter erforderlich.

Bevor man mit dem Transport des Fasses begann, sicherte man das von Eisenringen gehaltene Faß zusätzlich mit Reifen aus Buchenholz. Befördert wurde das Faß über eine „Schrotleiter". Diese bestand aus zwei miteinander verbundenen, massiven Eichenholzbalken, die kräftig eingefettet wurden, damit das Faß auf den Balken gut rutschen konnte.

Schwierig wurde es dann, wenn man das Faß über eine steile Kellertreppe schroten mußte. Die Zeichnung auf der folgenden Seite macht die mühsame Arbeit des Schrotens über eine Keller-

treppe deutlich. Am Kellertor wurde die Schrotwinde befestigt. Sie bestand aus zwei starken Schrotbäumen und einer Seilwelle. Mit Hilfe von kräftigen Schrotseilen, die am Faß eingehakt wurden, mußten die Schröter das Faß jetzt vorsichtig über die Schrotleitern ziehen, die man auf die Kellertreppe gelegt hatte. Dabei mußten die Schröter darauf achten, daß das Faß seine Balance nicht verlor und zu diesem Zweck das Faß auch von unten und gegebenenfalls auch von der Seite sichern.
Für den Transport über Land nahm man einen Schrotwagen, einen stabilen, vierrädrigen Wagen. Mit Hilfe einer kurzen Schrotleiter schoben die Schröter das Faß auf den Schrotwagen, auf dem sie dann das Faß mit Holzkeilen für den Transport befestigten.

Literatur:
Eine umfassende Beschreibung des Schröterberufes bietet die Arbeit von:
Ossendorf, Karlheinz: Schröter-Weinlader-Weinrufer. Erinnerungen an ausgestorbene Weinhandelsberufe.
In: Schriften zu Weingeschichte (62). Wiesbaden 1982

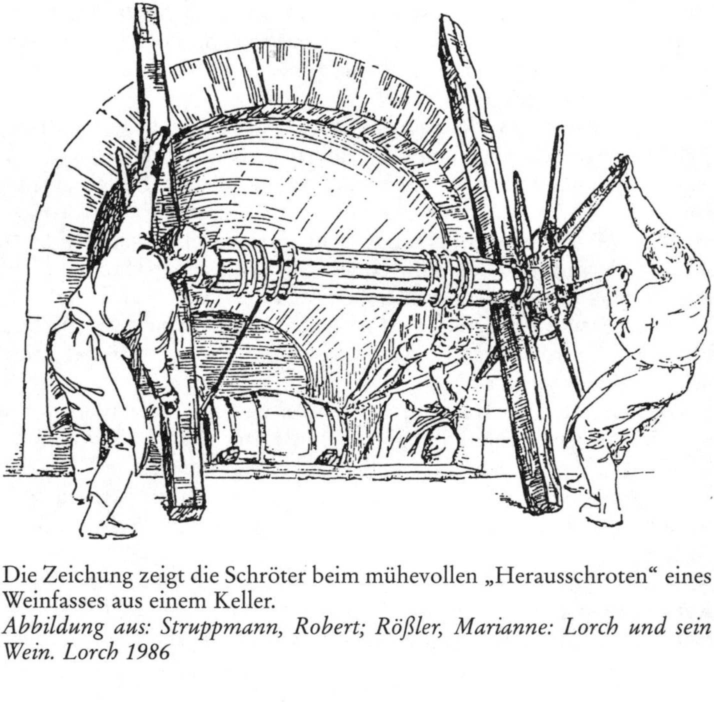

Die Zeichung zeigt die Schröter beim mühevollen „Herausschroten" eines Weinfasses aus einem Keller.
Abbildung aus: Struppmann, Robert; Rößler, Marianne: Lorch und sein Wein. Lorch 1986

Anmerkungen

1 Weinschröter	Männer, die volle Fässer im Weinkeller transportieren oder aus dem Keller hinausbefördern.
2 Mélac	Ezéchiel, Graf von Mélac, verwüstete im Pfälzer Erbfolgekrieg im Auftrag Ludwigs XIV. die Pfalz, gefallen bei Malpaquet 1709.
3 Ravilla	Lucius Cassius Longinus Ravilla, römischer Consul 127 v. Chr.; er empfahl den Richtern, bei Kriminalfällen nachzuforschen, 'cui bono', wem zum Nutzen, die Tat begangen wurde.
4 Kramhold	Henne Kramhold, Winzer, der in dem Krimi „Der Tote zuwenig“ mordverdächtig war.
5 Eschenbach	Wolfram von Eschenbach, mittelhochdeutscher Dichter, schrieb etwa 1197–1210 das Epos Parzival.
6 Landau	Stadt in der Pfalz. In dem Krimi „Der Scharfrichter von Landau“ geht Karl nach Landau, um dort einen geheimnisvollen Mord aufzuklären.
7 Ferge	veraltet, aber noch dichterisch für Fährmann.
8 Kufe	großes Faß, Bottich oder Bütte (von lat. cupa).
9 Haas	Dr. Robert Haas, Chronist des Rheingaus, vgl. Anm. in „Ein Toter zuwenig“.
10 Mäuseturm	Turm auf einer felsigen Rheininsel am „Binger Loch“ bei Bingen, 1270 errichtet, Zollstätte der Burg Ehrenfels.

11 Meyer	Conrad Ferdinand Meyer, schweizer Dichter (1825-1898).
12 Belsazar	babylonischer Herrscher, 551-543 v. Chr. Bei einem Gastmahl, bei dem er Gefäße mißbrauchte, die er im Tempel von Jerusalem geraubt hatte, erschien plötzlich eine Schrift an der Wand, die Worte: Mene, Tekel, Parsin. Der Prophet deutete die Worte: Mene = gezählt hat Gott die Tage deines Königtums, Tekel = gewogen wurdest du von Gott und zu leicht befunden, Parsin = geteilt wird dein Reich unter die Meder und Perser. (Dan. 5)
13 Septembermorde	In den Tagen vom 2.–6. September 1792 wurden in Paris 1100–1400 und im übrigen Land 14000 Leute auf grauenvolle Weise umgebracht, die „verdächtig“ waren, Feinde der Revolution zu sein. (dtv, Die Französische Revolution, Augenzeugenberichte)
14 Rousseau	Jean-Jacques Rousseau, französischer Schriftsteller (1712 – 1778).
15 Coiffes	Hauben
Châles	Schals, Umschlagtücher
Tabliers	Schürzen
16 Pardon	große Prozession mit Gottesdienst, bei der die Teilnehmer Vergebung für ihre Sünden und die Gnade Gottes erlangen wollen.
17 La Rochejaquelein	Mémoires de Madame la Marquise de La Rochejaquelein, Paris 1817.
18 Lescure	Louis de Lescure, General der Vendée, gefallen 1793 im Kampf gegen die „Mainzer“ unter General Kléber.

Tote kennen keine Zeit
(Eberhard Kunkel)

Inhalt

I. Lightnings 7

II. Der Unfall 25

III. Lappen und Liebe 39

IV. Seltsame Gespräche 55

V. König Artus 67

VI. Goldenes Mainz 74

VII. Auf dem Glockenspeicher 93

VIII. Eine Bootsfahrt 109

IX. Ein schwieriger Entschluß 121

X. St. Benoît und Fontevraud 130

XI. In der Bretagne 135

XII. Coiffes, Châles und Tabliers 144

XIII. Cholet 156

XIV. „Du fährst zu schnell!“ 161

XV. Der Aperitif 165

Zur Person:

KARL

Karl ist ein Comic-Held!
Als „Spätlesereiter“ wurde er bekannt.
Die Geschichte von der Entdeckung der Spätlese im Jahre 1775 ist sein erstes Comic-Abenteuer gewesen.
Mittlerweile hat er bereits acht Abenteuer erfolgreich bestanden und seinen Ruf als Comic-Held gefestigt.

Die Karl-Autoren, Apitz und Kunkel, erzählen Bildergeschichten, die entlang des Rheins vor dem historischen Hintergrund des ausgehenden 18. Jahrhunderts spielen.
Sie arbeiten dabei auf humorvolle Art und Weise geschichtliche Ereignisse auf und vermitteln in der den KARL-Comics als Literaturform eigenen Synthese aus Wort und Bild Wissenswertes über Wein und Geschichte.

Folgende KARL-Comics sind bisher erschienen:

KARL · Der Spätlesereiter
Band 1 · ISBN 3-925771-02-6

KARL · Das Faß der Zisterzienser
Band 2 · ISBN 3-925771-04-2

KARL · Die Revolution
Band 3 · ISBN 3-925771-05-0

KARL · Der Fall Loreley
Band 4 · ISBN 3-925771-10-7

KARL · Das Gold der Nibelungen
Band 5 · ISBN 3-925771-12-3

KARL · Ballon Bonaparte
Band 6 · ISBN 3-925771-14-X

KARL · Lord am Rhein
Band 7 · ISBN 3-925771-17-4

KARL · Die Krönung
Band 8 · ISBN 3-925771-22-0

(KARL-Comics, 48 Seiten farbig 14,80 DM)

Kennen Sie schon die anderen Krimi-KARL-Romane?

Im Jahre 1793 ist die Weinlese im Rheingau abgeschlossen. Karl, der Spätlesereiter, und sein väterlicher Freund Pater Anselm vom Kloster Johannisberg können ihre verdiente Herbstruhe nicht genießen, da sie ein mysteriöser Mordfall in Atem hält. Bei ihren Nachforschungen geraten sie schon bald in erhebliche Schwierigkeiten . . .

Rheingauner

„Wenn Du zum Weine gehst,
vergiss den Korkenzieher nicht!“

Rheingauner

Der „Rheingauner“ ist ein typischer Rheingauer. Vielleicht zeigt er es nur etwas deutlicher als andere. Das mag daran liegen, daß sich in dieser Figur viele Eigenarten und Charakterzüge des Rheingaus und seiner Bevölkerung vereinen. Der Rhein war immer schon eine wichtige Handelsstraße, und die Rheingauer wußten die günstige Lage ihrer Region zu nutzen. Weinbau und Weinhandel verliehen dem Rheingau wirtschaftliche Kraft. Daraus und aus ihrer Freiheit schöpften die Rheingauer ihr starkes Selbstbewußtsein, das auch den „Rheingauner“ auszeichnet. Der „Rheingauner“ ist ein lebendiges Stück Rheingauer Geschichte.

Apitz und Kunkel ist es gelungen, den „Rheingauner“ davon zu überzeugen, daß es lohnenswert ist, seine Abenteuer in Versen und Bildern aufzuzeichnen. Zwei „Rheingauner“-Bücher mit Episoden aus dem Leben des „Rheingauners“ sind bislang erschienen.

„Rheingau verpflichtet!“
(64 Seiten, farbig, fester Einband, gebunden, 16,80 DM)
ISBN 3-925771-20-4

„Freiheit für den Riesling!“
(64 Seiten, farbig, fester Einband, gebunden, 16,80 DM)
ISBN 3-925771-23-9

KARL - Weinkompendium

Gemeinsam mit Pater Anselm hat Karl einen Vortrag zum Weinbau gehalten, der als önologische Comicographie in Buchform erschienen ist:
Im KARL-Weinkompendium erfährt der Leser alles Wissenswerte über die Kunst des Weinbaus.
KARL-Weingeschichte und KARL-Weinkompendium vermitteln so im Duett allen Lesern auf unterhaltsame Weise das Wichtigste vom deutschen Wein und seiner Geschichte.

(96 Seiten farbig, fester Einband, gebunden, 25,80 DM)

KARL-Weinreise

Comic-Held KARL steht als Weinfachmann vor einer schwierigen Aufgabe. Im Auftrag des Mainzer Hofrates soll er durch die Weinregionen von Rheinland-Pfalz reisen. Seine Aufgabe ist es, aus allen sechs Weinanbaugebieten, die in Rheinland-Pfalz liegen, einen Wein als den besten herauszufinden. Natürlich steht ihm Grandpatte, sein weinbegeisterter französischer Hund, beim Verkosten der vielen Weine hilfreich zur Seite ...

(KARL-Weinreise, 64 Seiten, farbig, fester Einband, gebunden, 16,80 DM)

Foto auf der Rückseite:

Der Autor Eberhard Kunkel mit seiner Schwester
während des II. Weltkrieges.